「……ごめんなさい、来ちゃったのっ!!」
次の瞬間、牙が少年の喉に刺さった!
かりん増血記
1

燿一郎の冷ややかな声で果林が振り返ると、
息を荒くし顔を紅潮させた健太が、
自分のあとを追ってきていた!!

「やっ……誰か来て、助けてーっ！」
男は背後から果林を
抱きすくめ、ハンカチを
押しつけようとした!!

かりん　増血記①

FM53-1
128

著：甲斐透　原作：影崎由那

富士見ミステリー文庫

口絵・本文イラスト　影崎由那
口絵デザイン　朝倉哲也

目次

プロローグ

夕風が、熱でほてった頬《ほお》に当たる。

太陽はたった今、なごりの光を撒《ま》き散らして家並《いえな》みの向こうに沈《しず》んだところだ。西の空は輝《かがや》きを失い、血を思わせる蘇芳《すおう》色に暮《く》れた。

薄暗《うすぐら》い自然公園の中を、真紅果林《まあかかりん》は必死で駆《か》けていた。

(早く……早く、誰《だれ》か、見つけなきゃ……)

セーラー服に学生鞄《かばん》、パーマもカラーリングもしていない、シャギーを効《き》かせたレイヤーボブのヘアスタイル——どこから見てもごく普通《ふつう》の女子高生だ。その果林が、顔を紅潮《こうちょう》させ、切羽《せっぱ》詰まった表情《ひょうじょう》であたりを見回しながら公園の奥《おく》へと走る姿《すがた》は、痴漢《ちかん》か通り魔《ま》に襲《おそ》われて逃《に》げているとしか見えなかった。

だがなぜか、その唇《くちびる》から助けを求める声はこぼれない。

(……あ！　いたーっ!!)

走っていた果林の視線《しせん》が遊歩道の先の一点を捕《と》らえた。

少年が一人、ベンチに腰《こし》を下ろしていた。

高校生だろう。どこかの私学《しがく》らしい、このあたりでは見かけない制服《せいふく》を着て、整った顔を不《ふ》機嫌《きげん》そうに歪《ゆが》め、手にした携帯《けいたい》電話を眺《なが》めている。

どくん、と果林の心臓《しんぞう》が大きく鳴った。頭の芯《しん》が拍動《はくどう》に合わせて熱く脈打つ。血が沸騰《ふっとう》して全身を駆けめぐっている。

（うっ……き、来ちゃったぁ！　もうダメ、もう限界《げんかい》！）

あたりをもう一度見回した。

ここは椎八場《しいはば》自然公園の奥、木立が多くて見通しが利《き》かない上に普段《ふだん》から人気の少ない区域《くいき》である。

誰も、いない。あの少年以外には。

チャンスだ。

駆け寄《よ》る足音に気づいたのか、少年が顔を上げ怪訝《けげん》そうな目で果林を見た。ベンチから腰を浮《う》かせる。

果林はダッシュした。

しかしその爪先《つまさき》が、地面から突《つ》き出ていた石にぶち当たった。

（あぁあぁーっ！　あたしってば、また……!!）

顔から地面につんのめりながら果林は、生まれついてのドジっ子ぶりを呪《のろ》った。がん、と前《ぜん》額《がく》に衝撃《しょうげき》が来る。脳《のう》が直接揺《ちょくせつゆ》さぶられて気が遠くなる。

「大丈夫《だいじょうぶ》か？」

誰かの手が果林の腕《うで》をつかんで引き起こした。さっきの少年が前にかがみ込《こ》み、顔を覗《のぞ》き込んでいた。必死で走ってきた果林の姿に不審《ふしん》を覚えたらしい。

「どうしたんだ、何があった？」

「ひぁっ……！」

果林の口から、無意識《むいしき》の悲鳴がこぼれた。

心臓が一層激《いっそうはげ》しく拍動し始める。頭の芯は発火しそうなほど熱い。苦しくて涙《なみだ》がにじみ、視界がぼやけた。

「だ、大丈夫なのか？　すごい熱……救急車を呼《よ》んだ方がいいかな」

とまどった声で呟《つぶや》き、少年が携帯電話のボタンを押そうとする。果林はその首に両腕を回してすがりついた。

「え？」

「ごめ、ん……あたし、もう、我慢《がまん》でき、な……」

驚《おどろ》きで身をこわばらせた少年に、果林は一層強くしがみついた。

軽く開いた唇から覗く犬歯は、少年には見えなかっただろう。いや、数センチにも伸《の》びた長く鋭《するど》いそれは、すでに犬歯ではなかった。牙《きば》と呼ぶにふさわしかった。

「あたし、もぉ……ごめんなさい、来ちゃったのっ!!」

黒ずんだ紅色《べにいろ》の夕空に、悲鳴にも似《に》た果林の叫《さけ》びが響《ひび》いた。

「!?」

——少年は、逢魔《おうま》が時という言葉を知っていたかどうか。

次の瞬間《しゅんかん》、二本の牙が彼の喉《のど》へ深々と刺《さ》さった。

「……っ……う、ぅ……」

少年の体が断続的《だんぞく》に痙攣《けいれん》する。驚愕《きょうがく》に見開かれた瞳《ひとみ》から、光が薄れていく。

果林は少年をしっかりと抱《だ》きしめ、その喉に牙を突き立てていた。空気にかすかな血のにおいが漂《ただよ》った。

やがて、果林は喉から唇を離《はな》した。

気を失った少年が地面に崩《くず》れたが、構《かま》う余裕《よゆう》はない。

「はぁ、あっ……ぁ……ふ、ぅ……」

熱い吐息《といき》と声にならない喘《あえ》ぎが漏《も》れる。余韻《よいん》が強烈《きょうれつ》な震《ふる》えになって、止まらない。果林は両腕で自分の体を抱きしめ、全身を駆けめぐる恍惚感《こうこつ》を抑《おさ》えようとした。

ばさ、と羽音がした。

夕空を舞《ま》い降《お》りてきたコウモリが、倒《たお》れたままの少年の頭に止まった。

「あっ……杏樹《あんじゅ》。来てくれたんだ」

果林はあたりを見回し、木陰《こかげ》に立つ妹を見つけてホッとした声を投げた。フリルをたっぷりあしらった黒サテンのロングドレス、肩《かた》から背《せ》へと波打つプラチナブロンドの髪《かみ》、年に似合わない冷ややかさと気品をにじませた端麗《たんれい》な顔立ち——姉の自分から見ても、美少女だと思う。ロリータ趣味《しゅみ》の人間なら足元に平伏《ひれふ》したくなるだろう。

が、

「ケケケケ！　果林、おまえってほんとダメダメだな。まったくよー、いい加減《かげん》、自分の後始末くらいはできるようになれっての。この落ちこぼれ」

返ってきたのは姿に似合わない口汚《くちぎたな》い言葉だった。

ただし、妹の唇は動いていない。言葉に合わせて口をぱくぱく開けたり閉《し》めたりしているのは、その手に抱かれた人形だ。

果林は顔から首筋《くびすじ》まで熱くして抗議《こうぎ》した。

「杏樹っ!!　だから、その人形使って腹話術《ふくわじゅつ》で文句《もんく》言うのはやめてってば！　直接言われるより数倍ムカつくーっ！」

杏樹は動じない。口元に皮肉な笑《え》みを浮《う》かべただけだ。それでいて人形は相変わらず辛辣《しんらつ》に喋《しゃべ》り続ける。

「一人前な台詞《せりふ》は、人間の記憶《きおく》くらい自力で消せるようになってから言いなヨ。……ゆっくり休んでたのに、いきなり呼び出されて不出来な姉の後始末をさせられる杏樹が気の毒だと思わないのかネー」

「す、すみません……いつもありがとうございます」

言葉に詰《つ》まって頭を下げた果林に、杏樹が頬《ほお》をゆるめ、ようやく唇《くちびる》を開いた。

「まあ、今回も無事にすんでよかったよね」

地面に倒れている少年に視線《しせん》を落として杏樹は呟いた。

「結構《けっこう》美形ね。それにこのへんじゃ見ない制服《せいふく》。何か、お金持ち向けの私学《しがく》っぽい。お姉ちゃんと同じ、高校生くらいに見えるけど。……知ってる人？」

「ううん。我慢できなくて適当《てきとう》な相手を捜《さが》してたら、この人が一人でいたの」

「毎月、この時期はこうなるってわかってるくせに。どうして切羽詰まる前に、誰かをこっそり誘《さそ》い出すとかしないのかな。学習能力《のうりょく》が足りないったら」

「うぐぐ……」

「来月はちゃんと、適当な相手を見つくろっておくといいよ。ナプキンやタンポンを用意するくらいの気持ちで」

「そういう言葉をこんな場所で、大きな声で言わないでくれる？」

果林が顔を赤らめて言った時、地面に落ちていた携帯《けいたい》電話が鳴りだした。少年の体が小さく動いた。杏樹が呟く。

「目を覚ますみたい。記憶は消したから、姿を見られても別にいいだろうけど。どうする？」

「や、やだ！　もし何か感づかれたら……恥《は》ずかしいよぉ、逃《に》げよう！」

果林はおたおたして遊歩道を駆《か》け出した。あとを追った杏樹が肩をすくめた。

「普通《ふつう》、吸血鬼《きゅうけつき》なら『恥ずかしい』より『正体がばれたらまずい』って思うものでしょ？」

「だ、だって……恥ずかしいんだもん、しょうがないじゃないっ！」

果林は真っ赤になって抗議した。

杏樹が言うとおり、姉妹《しまい》は吸血鬼の一族だ。先祖《せんぞ》は二百年前に大陸から日本に渡《わた》ってきた。

ただし果林は吸血鬼というには規格《きかく》外れな面が多く、『落ちこぼれ』だの『一族の恥《はじ》』だのと言われ続けている。人間の記憶を操作《そうさ》する力がないうえ、日光もニンニクも平気で、逆《ぎゃく》に暗いのが怖《こわ》いし夜目も利《き》かない。

何よりも、人間の血を吸《す》わない。

それが果林には恥ずかしい。

「もう走らなくていいよ、お姉ちゃん。かえって変に思われるから」

足取りをゆるめた時、一匹《ぴき》のコウモリが飛んできて杏樹の前を旋回《せんかい》した。少しの間コウモリを見つめていた杏樹は、もういいというように手を振《ふ》った。コウモリは闇《やみ》の色を濃《こ》くした夕空へと飛び去っていった。

「さっきの高校生、公園を出て運転手付きのベンツで帰っていったって」

「えー、何となくそんな雰囲気《ふんいき》と思ってたら、やっぱりオカネモチだったんだ。いいなあ、あたしなんかバイトであくせく稼《かせ》いでるのに……」

家族の中で電灯が必要なのは果林一人なので、光熱費は自分で払《はら》うことになっている。羨《うらや》ましさに溜息《ためいき》をついた果林を見やって、杏樹は呟《つぶや》いた。

「そんなのどうでもいいよ。それよりあの高校生、ちょっと気になることを……」

「何!? ま、まさか、あたしのせいで体調を崩したとかじゃないよね!?」

「ううん。そうじゃなくて、コウモリが聞いたんだけど、立ち去る間際《まぎわ》にぼそっと言ったらしいの。『女の子がいたような気がする』って独《ひと》り言を」

「えええええっ!?」

果林はパニックを起こして無意味に両腕《りょううで》を振り回した。それは少年の記憶が残っているということか。

「ど、どど、どうしよう、杏樹……!」

「んー、記憶の消えやすさって個人差《こじんさ》があるから。でも大丈夫《だいじょうぶ》だと思うよ。『いたような気がする』程度《ていど》だもん。噛《か》まれたっていう一番重大な記憶は確実《かくじつ》に消したから、その前後のことが薄《うす》ーく残ってる程度じゃないかな」

杏樹はあくまで冷静に微笑《ほほえ》んだ。

「コウモリが言ってたけど、運転手と本人の話を盗《ぬす》み聞きした感じじゃ、家は遠くで、偶然《ぐうぜん》何かの用事でこっちに来ただけみたい。何度もお姉ちゃんの顔を見たりして記憶を刺激《しげき》しない限《かぎ》り、そのうち忘《わす》れちゃうよ」

「そうなんだ、よかった……」

果林は心の底から安心して深呼吸《しんこきゅう》した。

「あー、すっきりした。これでまた明日から一ヶ月、平和な高校生活が送れるよぉ」

「あたしも、一ヶ月はお姉ちゃんに突然《とつぜん》呼び出されなくてすむね」

「うぐ……」

杏樹の皮肉に詰まりながらも、果林は心の底でちらっとさっきの少年のことを思った。

二度と会わないだろう。会うはずがない。自分とは生活圏《けん》も違《ちが》えば暮《く》らしぶりも違う。だからきっと思い出さない、自分が吸血鬼なのはばれない。

(大丈夫だよね)

しかし——それから三ヶ月がすぎた、七月のことである。

1　増血鬼《ぞうけつき》は恥《は》ずかしがりや

鳥の声が低い。今にも降《ふ》り出しそうな空模様《そらもよう》を見ると梅雨《つゆ》明けはまだ先かも知れない。木々の葉先には、昨夜の雨のなごりが重そうな雫《しずく》になって留《とど》まっている。空気がねっとりと肌《はだ》にまつわりついてくるような、湿度《しつど》の高い朝だった。

果林《かりん》は急ぎ足で学校へ向かっていた。

(麻希《まき》、ノート持ってきてくれるかなぁ)

六月の後半、二週間に亘《わた》って果林は学校を休んだ。その間家にずっと引きこもっていたから、期末テストの出来はさんざんだった。先週終わったばかりでまだ結果は返ってきていないけれど、何科目かは追試になるだろう。特に数学と英語はほとんど真っ白な答案を提出《ていしゅつ》したから、赤点間違いなしだ。

夏休みの補習《ほしゅう》を免《まぬか》れたければ、今のうちに少しでも遅《おく》れた分を取り返して、追試でまともな点を取るしかない。そう思った果林は、休んだ間のノートを貸してくれるよう、時任《ときとう》麻希に頼《たの》んであった。小学校からの付き合いで気心が知れている。

(麻希、あたしが休んだのを雨水《うすい》君のせいじゃないかって疑《うたが》ってたっけ)

クラスメートの雨水健太《けんた》のことが頭をよぎり、果林の頬《ほお》は恥ずかしさに熱くなった。

(雨水君、あたしのこと、変に思ってないかなぁ……って、思ってるよね絶対《ぜったい》。あんなところ見られちゃったんだもの)

雨水健太はこの五月に一年D組へ転入してきた。以来、果林の血は騒《さわ》ぎっぱなしだ。

恋心《こいごころ》の比喩《ひゆ》ではない。文字通り、吸血鬼《きゅうけつき》一族としての血が騒ぐ。

落ちこぼれ吸血鬼の果林は人の血を吸《す》わない。なのに人の喉笛《のどぶえ》に噛《か》みついて何をするかというと、増《ふ》えすぎた自分の血を送り込《こ》んでいるのである。

吸血鬼というよりは、造血鬼《ぞうけつき》、いや、増血鬼とでもいうべきだろうか。

果林の体は激《はげ》しい勢《いきお》いで血を造《つく》る。あふれるほど造る。だから月に一度のペースで、増えすぎた血を体外に出さねばならない。この時、人間の喉に噛みついて余《あま》った血を送り込むのが、一番いい方法だ。それができないと、余分な血は鼻から噴水《ふんすい》のように体外へあふれ出す。そして、急激《きゅうげき》に血が減《へ》ったために果林は貧血《ひんけつ》を起こして倒《たお》れてしまう。

大量の鼻血を噴《ふ》いて倒れる姿《すがた》など、恥ずかしすぎて誰にも見せたくない。

それを、雨水健太に見られた。

(だって雨水君の前だと急に血が増えちゃうんだもん……今まではこんなふうにあたしの体調に影響《えいきょう》する人っていなかったのに)

吸血鬼によって、血の味にも好みがある。果林の母は嘘《うそ》つきな人間の血を好み、兄はストレスを抱《かか》えた人間に惹《ひ》かれる。今までは気づいていなかったが、血を吸わず人に与《あた》える異端児《いたんじ》の果林にも、ちゃんと嗜好《しこう》は存在《そんざい》した。——『不幸』だ。

本人に責任《せきにん》のない不幸を抱えた人間に果林は惹かれてしまう。そして雨水健太は、そのストライクゾーンのど真ん中だった。

(雨水君のどこが不幸なのか、まだよくわかんないけど……)

どんな事情《じじょう》を背負《せお》っているのか健太は顔に出さない。ふざけたりはしゃいだりもしないが、暗く沈《しず》んだ姿を人に見せることもない。

(いきなり「何が不幸なの」なんて怪《あや》しい宗教《しゅうきょう》団体《だんたい》みたいな質問《しつもん》、できないよ)

ともあれ健太のような、不幸を抱えた人間に近づきすぎると、「噛みついて血を与えたい」という衝動《しょうどう》が刺激《しげき》され、血が増える。これは果林の意志《いし》ではコントロールできない。

(おかげで最大に恥ずかしい場面を見られて……ううう)

果林は深く深くうつむいた。

鼻血大放出のことは、思い出しただけでも情《なさ》けなくて顔が上げられない。

(毎月一回血が増えて、出せないとあふれちゃって、しかもそのあとは貧血で倒れちゃうなんて……こんな変な体のこと、誰《だれ》にも秘密《ひみつ》にしたかったのに。よりによって同じクラスの男の子にばれるなんて……)

それが恥ずかしかったのと、同じクラスに造血ペースを狂《くる》わせる健太がいると思うと、まともに学校生活を送る自信を持てず、果林は二週間学校を休んだのである。

両親に学校をさぼるなと叱《しか》られ、『不幸』が自分の血を騒がせるとわかったことで、再《ふたた》び登校し始めた。健太が幸せになれば血を刺激されることはなくなり、平穏《へいおん》な暮らしが戻《もど》ると考えたからだ。

今のところ、どうすれば健太が幸せになるのかはわからないままだけれど。

(……でも雨水君って、目つきが悪いのに似合《にあ》わず優《やさ》しいんだ。内緒《ないしょ》にしてくれたもん)

一五二センチの果林からすれば見上げるような長身で、三白眼《さんぱくがん》で、硬《かた》そうな栗色《くりいろ》の髪《かみ》がつんつん跳《は》ねていて、一見すると迫力《はくりょく》のある怖《こわ》い顔の持ち主だ。しかし内面はそうでもなかった。

(あたし、雨水君の顔を見るなり悲鳴をあげて逃《に》げたり、夢中《むちゅう》だったとはいえひっぱたいちゃったり、かなりひどいことしたのに)

健太は怒《おこ》らなかった。そのうえ鼻血を噴いて気絶寸前《すんぜん》の果林が言った「秘密にしてほしい」という頼みを聞き入れ、廊下《ろうか》にこぼれた血を掃除《そうじ》したうえ、気を失った自分を負ぶって学校からこっそり運び出してくれた。

(男の子の背中って、あんなに大きいんだ……)

思い出して果林の心臓《しんぞう》が、とくん、と鳴った。幼《おさな》い頃《ころ》はともかく、物心ついてからは家族にもあんなふうにおんぶしてもらった記憶《きおく》はない。

身長が高いだけに健太の背中は大きくて広くて、暖《あたた》かかった。自分はその背にもたれて、安心しきった子供《こども》のように眠《ねむ》りこけて――。

（うわ、どうしよう。恥ずかしい）

遊歩道を歩きながら、果林はほてった頬を両手で押《お》さえた。

（……んっ？）

ふと果林は足を止めて周囲を見回した。誰かが自分を見ている――そんな気がした。

「あらぁ、おはよう」

遊歩道の前方から、小型犬を連れた老婦人《ろうふじん》が歩いてきた。果林を認《みと》めてにっこり笑う。登校時間が犬の散歩に重なるらしく、時々会うので顔なじみだ。

この人の視線《しせん》だったかと、果林は肩《かた》の力を抜《ぬ》いた。

「おはようございます。ルルちゃん、おはよ」

木立の中に入りたいのか、チワワがリードを引っ張《ぱ》りながら甲高《かんだか》い声で鳴きたてる。

「だめよ、ルルちゃん。お洋服がびしょびしょになるでしょ。……果林ちゃん、最近会わなかったわねえ。どうしたの？」

老婦人はチワワを引き止め、果林に話しかけた。

「ちょっと夏風邪《かぜ》ひいちゃって……そのあとはテストで、いつもより早めに学校に行ってたんです」

「あらあら。大変だったのねえ。じゃあね」

「ええ、それじゃ……バイバイ、ルルちゃん」

挨拶《あいさつ》を返して果林は歩き出した。老婦人も犬を連れてその場を立ち去った。

チワワの吠《ほ》え声が遠ざかったあと、遊歩道脇《わき》の木立がざわついた。

初老の男が一人、木陰《こかげ》から姿を現《あらわ》した。地味な背広を着込みネクタイを締《し》め、白髪《しらが》交じりの髪には綺麗《きれい》に櫛目《くしめ》が入っている。見るからに実直な勤《つと》め人の風体《ふうてい》だ。

が、七月の上旬《じょうじゅん》だというのに革手袋《かわてぶくろ》をはめた手には、薬液《やくえき》でじっとりと濡《ぬ》れたハンカチが握《にぎ》られていた。

「犬が騒いだんじゃどうにもならんな」

果林が立ち去った方向を見やって、男は無表情のまま呟《つぶや》いた。

「仕方がない、別の女子高生を捜《さが》すか」


「はい果林、ノート。重かったわよ、もう」

「さすが親友！　麻希、ありがとぉ……!!」

朝の教室で果林は感涙《かんるい》にむせび、麻希を拝《おが》んだ。

「授業《じゅぎょう》の時は返してよ？　それに宿題のある日とか。なるべく早めにね、あたしだって追試に引っかかるかも知れないし」

「はい、わかってマス」

コピー代が財政《ざいせい》を圧迫《あっぱく》することを思い、引きつりながら果林は返事をした。とはいえ手で写していては時間がかかりすぎる。何しろ二週間分のノートはすごい量だ。それも全教科の――。

「あれ？　麻希、英語がないよ？」

麻希は肩をすくめ、ポニーテールを左右に揺《ゆ》らして首を振《ふ》った。

「あたしがエーゴ弱いの知ってるでしょ。貸《か》せるほどのノート書けないんだもの。誰か他《ほか》の人に借りて」

「うーん、そうか……あっ、福《ふく》ちゃん。お願い、英語のノート貸してくれない？」

教室内を見回した果林は、クラスメートの内藤福美《ないとうふくみ》が教室に入ってきたのを見つけて声をかけた。

「真紅《まあか》、ずっと休んでたもんね。出てきたらすぐ試験だったしさ」

眼鏡《めがね》の奥《おく》の目を細めて笑った福美は、男女かかわらずクラスメートを姓《せい》で呼《よ》ぶ。口調が荒《あら》い分、腹《はら》に毒のないさばさばした性格《せいかく》で、姉御扱《あねごあつか》いで慕《した》っている者も多い。

「期末テストの出来はどうだった？」

「言わないでぇ……!!　もー、数学と英語なんか、ほとんど真っ白の答案を提出《ていしゅつ》したんだもん。追試で通らないと夏休みが補習《ほしゅう》でつぶれちゃう」

悲鳴をあげた果林に苦笑いして、福美は机《つくえ》に置いた鞄《かばん》を開きノートを取り出した。

「今日の三時間目が済《す》んだら渡《わた》す。次の授業までに返してくれればいいよ。えーとね、あたしのノート、黄色のマーカーが最重要箇所《かしょ》、絶対《ぜったい》覚えなきゃいけないとこだからね。青ラインはまあまあ重要で、試験に出そうだと思ったところ。だいたい当たった。出たよ」

「ほんとっ!? 福ちゃん、果林の次にそのノート貸して！　英語はあたしも、もしかしたら追試なの！」

麻希も割《わ》り込んできた。まだ教室に人が少ないのを幸い、果林と麻希は福美の前と隣《となり》の席に陣取《じんど》って、ポイントを教えてもらった。

「だからこの構文《こうぶん》が……あ。そうだ。全然話変わるけど、真紅って家どこだっけ」

説明をしていた福美が、何かを思い出したらしく急に声をひそめた。

「西区だけど……」

「じゃ学校の行き帰りは椎八場《しいはば》公園を通るんじゃない？　気をつけた方がいいよ」

「あっ。ひょっとして、例の連続誘拐《ゆうかい》？」

麻希は福美の質問《しつもん》で思い当たることがあったようだ。問い返しを受けた福美が緊張《きんちょう》した表《ひょう》情《じょう》で頷《うなず》いた。

「昨日、バレー部の先輩《せんぱい》が言ってた。友達がやられたんだって」

「マジ？　気持ち悪いね。いくらお小遣《こづか》いをくれるったって、そんなの……」

福美と麻希が嫌《いや》そうな顔で頷き合った。果林にはわけがわからない。

「どうしたの、何の話？」

「そっか、果林は休んでたものね。そのあとはみんなテストの話ばかりだったし……まだ知らないんだ」

「自然公園通るの、しばらくやめた方がいいよ。ラチられるって噂《うわさ》だから」

「ええ!? ラチられるって……」

「拉致《らち》。誘拐。薬を嗅《か》がせてどこかへ連れ去られるって。最近、何人も被害者《ひがいしゃ》が出てるらしい」

目を瞠《みは》った果林に福美が説明してくれた。先輩から友人の災難《さいなん》を教えられ注意を促《うなが》されたばかりだそうで、福美の話は詳《くわ》しかった。

最近、椎八場自然公園を通学している女生徒が誘拐される事件《じけん》が相次いでいるという。

犯人《はんにん》は一人歩きの女生徒を狙《ねら》って、まず麻酔薬《ますいやく》を嗅がせ気絶させる。

被害者が気づくと、公園からどこかの室内に運ばれているのだけれど、目隠《めかく》しをされていて場所はわからない。

ただ、目隠し越《ご》しでもわかる煌々《こうこう》と輝《かがや》く照明や、心地《ここち》よい空調の利《き》き具合、寝《ね》かされているソファだかベッドだかの手触《てざわ》りなどから、絶対に廃《はい》工場や空き家ではないと思われる。どこかの住宅《じゅうたく》、それも相当豪華《ごうか》な家に連れ込まれるらしい。

薬のせいでうまく動けずにいると、突然《とつぜん》誰かに上体を起こされ、抱《だ》きしめられるのだという。

けれどその誰かは失望した気配をにじませ、すぐに離《はな》れていく。あとはまた薬を使われて意《い》識《しき》が朦朧《もうろう》とする。

気がつくと、街角に一人で倒《たお》れているそうなのだが――。

「それだけなら、まあ、満員電車で知らない人と体がくっついたのと大して変わんないよね。でも服がさ。どう考えても、一度脱《ぬ》がされてまた着せられた感じなんだって」

福美が一層《いっそう》声をひそめる。

ブラジャーのホックを留めた位置がいつもと違《ちが》っていたり、ストッキングがねじれていたりと、自分で身に付けたなら絶対ありえない違和《いわ》感のある着方になっているという。

「じゃ、眠《ねむ》ってる間に、エ、エ……エッチ、されちゃったってこと？」

果林も声をひそめて尋《たず》ねた。

「たぶん。で、鞄の中には十万円が入ってるそうなんだ。人を馬鹿《ばか》にしたやり口だよ」

金額《きんがく》を聞いてつい頭の中で計算した。

(十万円あったら、光熱費何ヶ月分になるかなぁ……だめだめだめ。エッチの代償《だいしょう》なんて、絶対にヤだ)

果林は目をつぶり激《はげ》しく首を左右に振った。同調して麻希が頷く。

「お金で済む話じゃないわよ。援助交際《エンコー》とかしてる子はどう思うか知らないけど、あたしはいやだなあ」

「そうそう。そのことでぎくしゃくして、カレシと別れちゃった子もいるらしいね。だから自然公園は通らない方がいいよ、真紅。もう七、八人はヤられちゃったみたいだから。黙《だま》ってる子も含《ふく》めたら、もっと多いと思う」

「うん……でも何人も被害が出てるわりにはニュースになってないね。警察《けいさつ》には届《とど》けないの？」

「言いにくいんじゃない？　薬が効《き》いててろくに覚えてもいないことを根ほり葉ほり訊《き》かれるのって、あたしならイヤだな」

「それもそうね」

みんな警察には言わないが、仲のいい友達には相談し、その結果水面下でひそかに噂が流れているらしい。

ノートのことは忘《わす》れ、果林達三人は額《ひたい》を寄《よ》せ合って連続誘拐の話を続けた。

「この前、中学の時の友達と話したんだけど、他の学校ではそういう噂はないみたいよ」

「一高の女生徒だけを狙ってんの？　しかもいきなりエッチするんじゃなくて、最初に抱きしめるってのは何なんだろうね」

「そうよね、それ変よね。あたしの聞いた噂だと、舌打《したう》ちされた子がいたらしいの。『違う』って」

「……うーん」

唸《うな》った福美が、天井《てんじょう》を見上げて呟《つぶや》いた。

「誘拐犯は、誰かを捜《さが》してるのかも。自分に抱き付かせた感触《かんしょく》で確認《かくにん》しようとしてさ」

「じゃあ誘拐場所がいつも自然公園なのも、意味があるわけ？」

「うんうん。きっと誘拐魔《ま》の奴、自然公園で一高の制服《せいふく》を着た女の子に抱き付かれたんだよ。で、片《かた》っ端《ぱし》から誘拐してはその子かどうか確《たし》かめてると」

「すごい！　福ちゃん、名推理《すいり》！」

「真実は常《つね》に一つ……なーんて、時任もノリがいいねえ。んなわけないじゃん」

「あははは。そんなに接近《せっきん》した相手の顔を覚えてないなんて、ありえないよね」

麻希と福美が笑うのに合わせて笑《え》みを作ったものの、果林の顔は引きつった。

（椎八場公園で一高の女生徒に抱き付かれて、でも顔を覚えてない……って、ま、ま、ま、まさか！）

嫌《いや》すぎる心当たりがある。

今まで自分が襲《おそ》って喉笛《のどぶえ》に噛《か》みついた相手の記憶《きおく》は、すべて杏樹《あんじゅ》に消してもらっている。けれどいくら忘《わす》れさせるとはいえ、気分的に、同じ学校やバイト先などの身近な人間は襲いにくい。だから通りすがりの見知らぬ人をターゲットにすることが多かった。

椎八場自然公園は樹木の多い癒《いや》しスポットとして知られている。集団《しゅうだん》でスポーツを楽しむには向かないが、一人で散歩をしたり森林浴を兼《か》ねて考え事をするにはいい場所だ。つまり、単《たん》独《ど》行動の人を見つけやすく、襲っている場面を他者に見られにくいという、果林がターゲットを見つけるためにあるような公園だった。

今まであの公園で襲ったうちの誰かがおぼろげに記憶を取り戻《もど》し、自分を捜しているのだとしたら、辻褄《つじつま》は合う。

鳥肌《とりはだ》が立った。

（本当に誘拐犯《ゆうかいはん》の狙いがあたしなら……見つかっちゃったら、あたし、どうなるの⁉）

無事にすむとは思えない。人違いとわかった女生徒を無事に返さず、薬で眠らせておいて暴《ぼう》行《こう》するような相手だ。誘拐犯が果林を捜しているのなら、つかまった時には今までの被害者よりもっとずっとひどい目に遭《あ》わされるだろう。

（人違いの女の子にでもエッチしちゃう奴だもん。もしつかまったら……た、たとえば、あんなコトとか、こんなコトとか、されちゃうわけ？　やだぁ‼）

考えるだけで体温が上がるような想像《そうぞう》が、頭の中を駆《か》けめぐった。顔が熱くなる。

（そ、そんな……あたしまだ、キスどころか、男の子と手をつないだこともないのにっ！）

毎月誰かに抱《だ》き付いて噛みつきはしても、あれは本能《ほんのう》による行動で、標的の性別年齢《せいべつねんれい》を問わないくらい切羽詰《せっぱつ》まっている。抱擁《ほうよう》や首へのキスという感覚には、ほど遠かった。

しいて男の子と接触《せっしょく》した経験《けいけん》を挙《あ》げれば、貧血で気を失っている間に雨水健太に負《お》ぶってもらったことくらいだ。

(どうしよう、どうしよう。もし誘拐されたら——あたしが吸血鬼《きゅうけつき》一族だってわかったら、誘拐犯はどうするつもり……イヤぁ、恥《は》ずかしい!)

不安と羞恥《しゅうち》がこみ上げてきて思わず頭を抱《かか》えた、その時だ。

「おい、真紅、その席……」

誰かの手が肩《かた》を軽く叩《たた》いた。反射《はんしゃ》的に果林は悲鳴をあげた。

「やだやだやだ、そんなの絶対《ぜったい》いやーっ!!」

突然《とつぜん》の大声に、しぃん、と教室が静まりかえる。果林は我《われ》に返った。

福美も麻希も啞然《あぜん》として果林を見ている。うろたえた果林は自分の肩を叩いた相手へと目を逸《そ》らした。

雨水健太が、三白眼が四白眼になるほど大きく目を瞠《みは》っていた。果林の肩を叩いた右手を宙《ちゅう》に跳《は》ね上げて、絶句《ぜっく》している。

「ひぃあああっ! 雨水君っ!?」

椅子《いす》に座《すわ》ったまま飛びのこうとした果林は、見事にひっくり返った。ひだの多いプリーツスカートが、ウェストラインまでめくれ上がる。

健太が「げ」と呻《うめ》いて一歩後ずさった。

「果林!」

麻希が慌《あわ》てて駆け寄り助け起こしてくれたが、もう遅《おそ》い。健太にはスカートの中身が丸見えになったに違《ちが》いない。動揺《どうよう》を取り繕《つくろ》うつもりらしい仏頂面《ぶっちょうづら》が、赤らんでいる。

果林は引きつりながらどうにか椅子に座り直して、声を出した。

「お、おはよう、雨水君……」

「おはよう。……あの、真紅。絶対いやと言われても、困《こま》るんだけど」

まだ赤みの抜《ぬ》けない顔で果林を見下ろし、健太は口ごもりながら言った。

「え？」

「そこ、俺《おれ》の席だから。どいてくれないか」

「……きゃあああ！」

慌てふためいて立ち上がろうとし、果林はもう一度ひっくり返った。またもや健太がのけぞり、麻希は額を押《お》さえて「この子はもう……」と呻《うめ》いた。

(何なんだ、あいつは……)

授業《じゅぎょう》を聞きながら雨水健太は、隣《となり》の列、二つ前の席に座る背中《せなか》を眺《なが》めて溜息《ためいき》をついた。

果林は後ろからの視線《しせん》に気づく気配もなく、板書を必死でノートに書き写している。しばらく学校を休んでいたせいで授業についていけないらしい。情《なさ》けなさそうな表情《ひょうじょう》が斜《なな》め後ろからでもはっきりわかった。

こうして見ていると、ただの女子高生にしか思えないのだが、

（わけがわからない……何なんだ、真紅の奴）

健太は口の中でもう一度繰り返した。果林とは転入以来妙《みょう》な引っかかりができてしまっている。

自分がこの学校に転入した日のことだ。

クラスの皆《みんな》に向かって挨拶《あいさつ》をした途端《とたん》に、果林が貧血《ひんけつ》を起こして目を回した。

担任教師《たんにんきょうし》から「昼休みに机《つくえ》を運んでくるまで」と言われて果林の席に座っていたら、案外早く保健室から本人が戻ってきた。だが立ち上がって席を返すより早く、果林は吐《は》き気をこらえる仕草で口元を押さえ、「早退《そうたい》します」と叫《さけ》んで教室を駆け出していった。

まるで、健太を恐《おそ》れたかのように。

自分の目つきが悪いのは知っていたが、顔を見ただけで逃《に》げ出さなくてもいいだろうと、内心かなりムッとした。

そしてその夕方には、公園でサラリーマンオヤジに抱き付く果林を目撃《もくげき》してしまった。てっきり援助交際《えんじょこうさい》だと思い、都会のモラルは乱《みだ》れている、という噂《うわさ》は本当だと実感していたが——よく見ていると、どうもおかしい。

果林に、最新の携帯《けいたい》電話やオーディオ機器、あるいはブランド品などを持ち歩いている様子はない。化粧《けしょう》っけもなければアクセサリーもつけていない。

おまけに相当なドジらしい。転んでパンツを丸見えにしたり、脚立《きゃたつ》に登っていて足をすべらせ、受け止めようとした健太の顔に尻《しり》から落ちてきたりと、こっちが赤面したくなるような姿《すがた》ばかり見せてくれる。『乱れた女子高生』のイメージとは正反対だった。

では果林はサラリーマンオヤジに抱き付いて何をしていたのだろう。しかもつい先日健太は、自分の母親に果林が抱き付いている光景を見ている。母が相手だった以上、どう考えても援助交際ではない。

わからないことはそれだけではなかった。

(真紅のヤツ……血が増《ふ》えるって何だよ？　病気なのか？　そんなの聞いたことねェ)

――思いは、果林が学校を休む前の日に戻《もど》っていく。

その数日前、当初の誤解《ごかい》のために「援助交際なんかやめろ」と注意したせいだろうか。学校でもバイト先でも、果林は可能《かのう》な限《かぎ》り健太を避けようとしているようだった。最初は果林のことをよく知りもしないのに言いすぎたと反省したが、詫《わ》びようとしても顔を合わせた途端に逃げ出されては、声をかける隙《すき》さえなかった。そこまで嫌《きら》われるほどひどい発言だったとは思えない。理不尽《りふじん》な仕打ちを受けている気がしてだんだん腹《はら》が立ってきた。

どういう理由で自分を避けるのか問いただそうと意を決して、帰りのHRが終わったあと声をかけたら、果林はいつものようにダッシュで廊下《ろうか》へ逃げ出してしまった。

それだけならまだしも、時任麻希に呼《よ》び止められて「果林にちょっかい出すのは別にいいんだけど、好きだからってあまりしつこくすると嫌われちゃうわよ」と見当違いな説教をされた。果林と今日こそ話を付けようと思ってにらみ据《す》えてしまったのを、『熱い眼差《まなざ》し』と間違われたらしい。

麻希の声はクラス中に聞こえたらしく、みんなの注目を集めてしまった健太は、「誤解だ」と叫んで教室から逃げ出した。

(……どうして俺が真紅に気があるなんて考えつくんだよ。無茶苦茶《むちゃくちゃ》だ、時任のヤツ)

自分はただ、避けられる理由を訊《き》こうと思っただけだったのだ。

(だけど、あんなことになるとはな……)

健太は溜息をついた。果林を問いつめた時の光景が、ビデオテープを再生《さいせい》するようにはっきりと脳裏《のうり》に甦《よみがえ》る。

——あの時自分は、人気のない廊下で果林に追いつき、肩《かた》をつかんでどなった。

『何で逃げるんだっ、おいっ！』

『ひぃやあああ!!』

果林が悲鳴をこぼした。小柄《こがら》な体が電流に打たれたように震《ふる》え、次の瞬間《しゅんかん》、

『……さわんないでっ！』

叫び声と同時に、思いがけない衝撃《しょうげき》が頬《ほお》を打った。

茫然《ぼうぜん》とした。ひっぱたかれたのだ。

果林は真っ赤な顔に汗《あせ》の玉を幾《いく》つも浮《う》かせ、目には涙《なみだ》さえにじませていた。今から思えばあれは何かの発作《ほっさ》だったのかも知れない。ひどく苦しそうだった。

けれど、あの時の健太にはそこまで気づく余裕《よゆう》はなかった。いきなり頬を打たれるという理不尽な仕打ちに対する怒《いか》りを押し殺すので精一杯《せいいっぱい》だった。

相手は女の子だ、殴《なぐ》り返すわけにはいかない。弱い女に暴力《ぼうりょく》を振《ふ》るうような男にだけはなりたくなかった。

『そ、そこまで俺を嫌ってんのは……わかった……だけど』

感情を殺そうとして変に低くなった声で自分が呟《つぶや》く間にも、果林は逃げ出そうとする。

なぜここまで避けられるのか。健太は果林の手をつかんで叫んだ。

『理由を言えよ！　わけもわからずそんな態度《たいど》取られんの、結構《けっこう》こっちはキツイんだぞ！』

だがその言葉に返ってきたのは――向かい合った健太の顔にまで飛沫《しぶき》がかかるほどの、凄《すさ》まじい鼻血だった。

ポンプからの放水のような勢《いきお》いで噴《ふ》き出した血で、床《ゆか》はたちまち真っ赤に染《そ》まった。

『ま……真紅!?　これ、鼻血か!?』

驚《おどろ》く健太の前で、果林は顔を押さえ、廊下にがくりと膝《ひざ》をついた。大丈夫《だいじょうぶ》かと問う自分の声にも答える余裕はないのか、身を震わせて大粒《おおつぶ》の涙をこぼした。口元からは、異様《いよう》に長く伸びた犬歯が覗《のぞ》いていた。

『いつも……毎月この頃《ころ》に……血が増えるの。出せないと……あふれちゃうの……こ、こんなふうに』

へたり込《こ》んだ果林の膝を濡《ぬ》らし、鼻血はなおもこぼれ続けた。

何のことだか健太にはさっぱりわからなかった。けれど果林が、増えた血を鼻からあふれさせるという体質《たいしつ》を泣くほど恥《は》ずかしがっているのはわかったし、その恥ずかしい姿をさらすところまで追いつめたのは自分だとも感じた。性急《せいきゅう》すぎたと後悔《こうかい》した。

だからそのあと一気に出しすぎて貧血になったという果林が、

『誰《だれ》にも言わないで。秘密《ひみつ》にして……』

と言い残して気絶《きぜつ》した時、頼《たの》まれたとおりにせずにはいられなかった。廊下にこぼれた血を掃除《そうじ》し、果林を背負《せお》って学校をこっそり抜《ぬ》け出した。

（真紅はどこか体が悪かったんだ。何かの病気でなかったら、あんな大量に出血するはずない。「雨水君といるとあたしはだめになるから、もう近づかないで」とか言ってたけど……でも病気なのは俺のせいじゃないし、だったらそのあと学校を休んだのも俺の責任《せきにん》じゃないぞ！　くそー……なのに）

なぜ罪悪感《ざいあくかん》を感じたのだろう。果林が再《ふたた》び元気に登校してくるようになって、ほっとしたのはどうしてだろう。

麻希の言葉がひょっこりと頭の中に湧《わ》き出て、走り回った。――果林が『好き』だから。

（……違《ちが》う、絶対に違う!! 誤解だー！）

妙な言葉が浮かんだことにうろたえて、自分の頭を殴りたくなった時だ。

教室の前から嬉《うれ》しそうな声が聞こえた。

「おお、両手を挙げるとはやる気満々だな。よし、雨水に任《まか》せる。前へ出て問題1から3まで、括弧《かっこ》内を埋《う》めてくれ！」

「は!?」

自分の頭を叩《たた》きたくなって、つい手を挙げてしまったらしい。教師《きょうし》がにこにこ顔で健太を見て、黒板を指さしていた。

時計の振り子が、硬質《こうしつ》な音をたてて時を刻《きざ》んでいる。百年近く前に作られたアンティークの時計は決して静音設計《せっけい》ではないが、部屋が広く天井《てんじょう》が高いうえ、厚《あつ》い絨毯《じゅうたん》が物音を吸収《きゅうしゅう》するので耳障《みみざわ》りにはならない。

大鉢《おおばち》に植えた観葉植物やマホガニーの飾《かざ》り棚《だな》、キングサイズのベッドなどがゆったりと配置された部屋の中では、十七、八歳くらいの少年が一人、安楽椅子《いす》に座《すわ》って不機嫌《ふきげん》な顔をしていた。

その前には黒っぽい背広を着た初老の男が立って、頭を下げている。

「……今日は連れてこられませんでした。朝は公園で犬の散歩やジョギングをする者が多く、人目がありまして。一人歩きの女子高生をつかまえるのが難《むずか》しく……」

「半日無駄《むだ》にしたわけか」

少年の唇《くちびる》から不興《ふきょう》げな声が漏《も》れた。

引き結んだ薄《うす》い唇が神経質《しんけいしつ》そうな印象を与《あた》えるが、品よく整った顔立ちを持つ美少年だった。ただ、愛想《あいそ》には乏《とぼ》しい。今は機嫌が悪いからなおさらである。声にも態度にも、人にかしずかれることに慣《な》れた者特有の高飛車《たかびしゃ》な気配が表れていた。

「昨日までに連れてきて調べた子が十二人。ちょうど一ダースだ。それが全部外れだった。……こんなやり方じゃ埒《らち》があかない。目当ての女の子にたどり着くまでどのくらいかかると思う、佐々木《ささき》」

少年は強い口調で詰問《きつもん》した。

「しかし、燿一郎《よういちろう》様。相手が椎八場一高の女生徒としかわからない以上は……」

「顔を覚えていない僕《ぼく》が悪いと言いたいのか⁉」

声ににじんでいた不機嫌が怒りの気配に変わる。

「さようなことは……」

佐々木は慌《あわ》てた様子で腰《こし》を折り頭を下げたが、燿一郎と呼《よ》ばれた少年はそっぽを向いた。

壁際《かべぎわ》のサイドテーブルには、サンダーソニアに観賞用アスパラガスをあしらって生けた花瓶《かびん》が載っていた。優《やさ》しいオレンジ色をした釣《つ》り鐘《がね》型の花は、明かりを灯《とも》したランタンを思わせて愛らしい。アスパラガスの煙《けぶ》るような緑ともよく調和している。見る者の気持ちをなごませる花だった。

燿一郎は表情《ひょうじょう》をやわらげ、再《ふたた》び佐々木に向き直った。

「僕だって無茶《むちゃ》を言っているのはわかっている。だけど仕方がないじゃないか。どうしても顔が浮《う》かんでこない、制服《せいふく》を思い出したのが精一杯《せいいっぱい》なんだから。……でも、確《たし》かにいたんだ。あの女の子は」

燿一郎はおぼろげな記憶《きおく》をたどった。

もう、三ヶ月近く前になるのだろうか。

ちょっとした用で知人を訪《たず》ねた帰り道、ベンツのエンジンが故障《こしょう》した。代わりの車を呼んでもよかったのだが、そばが自然公園だったし運転手はすぐに直せそうだというので、散歩をして待つことにした。

いやなことが続いていて、一人になりたかったせいもある。

樹木《じゅもく》の多い公園を歩くのは森林浴のようで気持ちがよかった。

けれどそれも長くは続かなかった。日が沈《しず》んであたりが薄暗くなるにつれ、さまざまなことを思い出して気持ちが滅入《めい》った。運転手からのエンジンが直ったという連絡《れんらく》はなかなか来ず、いらだって、携帯《けいたい》電話で代わりの車を呼ぼうかと思った。

そのあとの記憶は、なぜか急に途切《とぎ》れ途切れになる。

(確かに女の子がいたんだ)

どういう成り行きでそうなったのかは覚えていないが、女の子が自分を抱《だ》きしめていた。自分の腕《うで》は彼女の背中に回らず、力なく下に垂《た》れていた。だから女の子の方から自分に抱き付いたのだろう。抱き付かれただけだったのか、もう少し何かあったのか、そこまでは思い出せない。

気がついた時には自分一人きりで、彼女は消えていた。

だが覚えている。首に回されたしなやかな腕の感触《かんしょく》。熱っぽい吐息《といき》。化粧品《けしょうひん》の香料らしい匂《にお》いは感じなかった。鼻先をかすめた淡《あわ》いフレッシュフローラルの香《かお》りは、きっとリンスかヘアトリートメントだ。髪《かみ》の長さはショートかミディアム、毛先が優しくさらさらと流れて首筋《くびすじ》や頬《ほお》をくすぐった。

部分的だからこそ逆《ぎゃく》に一つ一つはくっきりとした形で、記憶に残っている。あれは夢《ゆめ》や気のせいではない。

「あの女の子に抱き付かれたあとは、不思議なくらいにいいことが続いた。喧嘩《けんか》をしたクラスメートとも仲直りできたし、有島家《ありしまけ》の園遊会には家族三人で出かけることができた。パーティー嫌《ぎら》いのお父さんも一緒《いっしょ》に、だ。あんなこと、普通《ふつう》ならあり得ない。……幸運の女神《めがみ》が微笑《ほほえ》んでくれたとしか思えないようなことばかりだった」

「単なる偶然《ぐうぜん》ということも考えられます」

「わかっている！」

燿一郎はソファから立ち上がった。注意力のある観察者なら、瞳《ひとみ》に深い懸念《けねん》と焦燥《しょうそう》が波立っていることに気づいただろう。

「それでも僕はもう一度あの子を見つけなきゃならないんだ！　もう他《ほか》に頼《たよ》れるものがあるなら言ってみろ、佐々木!!」

佐々木は目を伏《ふ》せて黙《だま》っている。

燿一郎はいらいらと室内を歩き回った。熱い絨毯が靴音《くつおと》を吸《す》い込むのさえ癪《しゃく》に障《さわ》った。

今の自分にはどうしてもあの時のような幸運が必要だ。

（幸運の女神……あの子のおかげなんだ。とにかく見つけなければ。見つけて、もう一度、僕に……）

彼女の着ていたセーラー服のデザインをどうにか思い出し、執事《しつじ》の佐々木に調べさせて、椎八場第一高校の制服だと突《つ》き止めた。だが肝心《かんじん》の顔がどうしても浮かんでこない。霧《きり》がかかったようにおぼろげだ。

抱きしめれば、きっと本人かどうかわかると思うのだけれど——。

「こんなまどろっこしい手段《しゅだん》じゃだめだ」

呟《つぶや》いた燿一郎に、佐々木が首を振《ふ》った。

「お気持ちはわかりますが、これが一番安全なのです。椎八場一高は公立高校です。通う生徒はほとんどが庶民《しょみん》ですぞ。卑《いや》しい心根の者もおりましょう。……燿一郎様が財産《ざいさん》と家柄《いえがら》を兼《か》ねそなえた十文字家《じゅうもんじ》の令息と知ったら、金ほしさにどんな嘘《うそ》をついて取り入ろうとするかわかりません。ですからこちらの正体が知れないように、一人一人連れてきて、確かめるのがよいのです」

諭《さと》す口調に答えず、燿一郎は窓辺《まどべ》に歩み寄った。

綺麗《きれい》に刈《か》り込まれた芝生《しばふ》も、一面厚《あつ》い雲に覆《おお》われた空の下ではくすんだ色に見える。眉間《みけん》に縦皺《たてじわ》を寄せ、燿一郎は考えを整理した。

幸運の女神を捜《さが》したいと言った時、佐々木はさっきと同じことを言った。そうかも知れない、きっとすぐ見つかると思って言うとおりにしたのだが、見通しが甘《あま》かった。すでに半月が無為《むい》にすぎている。

ここ一週間は、佐々木が連れてきた女生徒をすぐに確かめられるようにと思って、学校にも行っていない。登下校時を狙《ねら》って女生徒を誘拐《ゆうかい》させているが、今日のようにうまく連れてこられない日もある。確かめたのはまだわずか十二人だ。そしてすべてが外れだった。

窓越《まどご》しにテレビの音が聞こえてきた。燿一郎は眉《まゆ》をひそめた。

庭を挟《はさ》んだ斜《なな》め向かいの棟《とう》の、叔父《おじ》の部屋からだった。窓を大きく開け放っているため、室内の音が庭を通してこの部屋まで丸聞こえだ。テレビの音声だけならともかく、叔父の馬鹿《ばか》笑いまで混《ま》じって届《とど》いてくる。

　燿一郎は唇《くちびる》を噛《か》んだ。

　外を遊び歩いて酒色にふけるか、家で低俗《ていぞく》なテレビ番組を見る以外することがないらしい。あんな男が尊敬《そんけい》する父の弟だというのが信じがたい。いくら自分が未成年者だとはいえ、保護《ほご》責任者《せきにんしゃ》気取りでこの屋敷《やしき》に入り込み好き放題にしているのが、許《ゆる》せない。

（いつまでもあいつをのさばらせてたまるか……！）

　振り返った燿一郎は、強い口調で命令した。

「佐々木。椎八場一高へ転校手続きを取れ」

「燿一郎様⁉」

　佐々木が目を瞠《みは》った。

「これ以上時間をかけてはいられない。誘拐は終わりだ。僕が転校して、直接《ちょくせつ》捜す」

「何をおっしゃいます。十文字家の坊《ぼっ》ちゃまともあろう方が、庶民に混じって公立校へ通うなど……とんでもないことです」

「卒業まで通うわけじゃない、例の女の子を見つけるまでの間だ。一ヶ月もかからない」

「期間の長さは関係ございません。学歴に傷《きず》が付きます。……今のやり方が一番安全です。燿一郎様は世間の怖《こわ》さをご存《ぞん》じない、どうか佐々木のいうことをお聞きください」

　佐々木は頑強《がんきょう》に反論《はんろん》する。眉間に縦皺を寄せ、絶対《ぜったい》に認《みと》めないと言いたげだ。いつも無表《むひょう》情《じょう》な佐々木にしては珍《めずら》しい反応《はんのう》だった。

真っ向から反対され、世間知らずのように言われて燿一郎は意地になった。

「人が気にするのは最終学歴だ。どうせ今年卒業したらイギリスへ留学《りゅうがく》する予定じゃないか、途中《とちゅう》で一ヶ月くらい寄り道したって構《かま》うものか。社会勉強していたと言えばいい。……いずれ僕は十文字グループを引き継《つ》ぐ身だ。人を使う立場になる以上、庶民の生活がどういうものか知っておくのも悪くない」

言っているうちに面白《おもしろ》くなってきた。もちろん例の少女を見つけるのが第一目的だ。しかし一貫性《いっかんせい》教育を標榜《ひょうぼう》する私立《しりつこう》校に幼稚《ようち》舎《しゃ》から高校三年まで通ってきたから、周囲は見慣《みな》れた顔ぶればかり、学年が変わっても新鮮味《しんせんみ》も何もない。いい加減《かげん》、飽《あ》きていた。

「明日だ。編入《へんにゅう》試験があるとしても、明後日。それ以上は待たない。僕を椎八場一高に転入させろ、佐々木」

まだ何か反論しようとしている佐々木に、燿一郎は宣言《せんげん》した。

編入試験に落ちる心配はまったくしていない。成績には自信があった。問題は例の少女を見つけだす方法だ。

全員に抱《だ》き付くわけにはいかないから、とりあえず見た目の雰囲気《ふんいき》で見当をつけてから確《たし》かめるつもりでいる。女生徒が全部で何百人いるか知らないが、一人ずつ誘拐してくるよりはよほど早く見つけられるだろう。

(……面白がっている場合じゃない、時間がないんだった)

今の状況《じょうきょう》を思い出して、燿一郎は眉間に縦皺を寄せた。

(明後日だ。明後日には必ず転校して、あの子を捜すんだ……!)


二日続きの雨空にチャイムが鳴り渡《わた》った。

教師《きょうし》が出ていくのに続いて、学生食堂や購買部《こうばいぶ》へ行く生徒がダッシュで廊下《ろうか》へ飛び出していき、教室に残る人数は半分ほどになる。

弁当《べんとう》の包みを持った麻希が自席を立ってきて、果林の前に座《すわ》った。

「さー、食べよっか」

「わーん麻希ぃ、先生が何言ってるのか全然わからなかったよ。どうしよおぉ。こんなんじゃ追試も落ちる」

弁当を出しながら果林は泣きついた。

麻希に借りたノートは全部コピーを終えて、昨日返した。けれどもまだわずかしか目を通していない。

麻希が果林の頭を撫《な》でる。

「おーよしよし。泣かない泣かない。数学って積み重ねだもんねー。二週間休んだ分はまだ追いつけないか」

「うん……時間なくて。バイトも行かなくちゃいけないんだもの」

果林は溜息《ためいき》をついた。

夏風邪《かぜ》と称《しょう》して休んでいたのは学校だけではない。ファミリーレストラン『ジュリアン』のアルバイトもずっと休んでしまった。その分を取り戻《もど》すために昨日も一昨日もバイトに行ったので、勉強はさっぱり進んでいない。

人のいい店長は無断欠勤《むだんけっきん》した果林を責《せ》めず、「風邪が治ってよかったね」と言ってくれた。だからなおのこと、追試に備《そな》えるためまた休ませてくれとは言えない。第一、バイト代が入らないと電気料金が払《はら》えなくなる。

「ああん、このままじゃ補習確定《ほしゅうかくてい》だよぉ」

貧相《ひんそう》な弁当をつつきながら情《なさ》けない思いで果林は呟《つぶや》いた。覗《のぞ》き込《こ》んだ麻希が首を傾《かし》げる。

「最近おかずが一ランク落ちてるじゃない」

「怖《こわ》くて公園を通れないから、通学時間が長くなって……お弁当をまともに作ってる余裕《よゆう》がないんだもん」

「あ、そうか。連続誘拐魔《ま》……ほんと、早く捕《つか》まってくれるといいんだけど」

麻希の言葉に果林が心底から同意して頷《うなず》いた時、教室の戸が勢《いきお》いよく開いた。

クラスメートの大谷知花《おおたにちか》と木田亜沙子《きだあさこ》だった。学生食堂に行っていたのかと思ったが、なぜか二人とも顔を紅潮《こうちょう》させ目を輝《かがや》かせている。よほど楽しく嬉《うれ》しいことがあって興奮《こうふん》が抜けない、そんな表情だ。

「あっ！ ねえねえ麻希、果林!!」

亜沙子が二人の元へすっ飛んできた。

「どうしたの。財布《さいふ》を忘《わす》れてお昼が買えなかったとか？」

麻希がきょとんとした顔で尋《たず》ねる。

「違《ちが》うよ、お昼どころじゃないって。……すごいよー、超《ちょう》美形！ 王子様って感じ!!」

「へ？」

「三年に転校生が来たって話、聞いてない？」

「今、亜沙子と見に行ってきたの。モデル級だよ、メークなしでメチャかっこいい！」

知花も一緒《いっしょ》になって説明を始めた。

「しかも顔だけじゃないの。家は元華族《かぞく》で、編入試験は全教科満点で、前にいた学校はあの銀《ぎん》嶺《れい》学院だって！」

大声を聞いて、教室に残っていた女子が皆《みな》耳をそばだて、口を挟《はさ》む。

「銀嶺ってあの私学の？ 超お坊《ぼっ》ちゃん学校じゃない」

「どうして銀嶺から一高みたいなフツーの公立に転入なのよ？ 家が破産《はさん》したの？」

「破産なら運転手付きの外車で来たりしないよ。何かの気まぐれでしょ。……とにかく、超美形。つんとしてるっていうか、近づきがたい雰囲気《ふんいき》だけど、そこがいーのよ。本物のハイソよ。

十文字耀一郎っていうんだって」

名前を聞いて、一人が首をひねった。

「十文字……週刊誌《しゅうかんし》か何かで見た気がするんだけど、どんな記事だったかな。ほら、十文字グループってあるよね。十文字化学とか十文字物産とか、いろんな会社の集まり、みたいな？」

「そーそーそー！　それ!!　先生が噂《うわさ》してたよ、十文字グループ会長の一人息子《むすこ》だって！」

「マジぃ!?」

「うまくいけば、チョー玉の輿《こし》じゃん」

女子の間から歓声《かんせい》が上がった。

話を聞いていた男子生徒の、

「金持ちで顔も頭もいいってよォ……」

「今時そんな少女漫画《まんが》みたいな転校生いるのか？　何かの間違いだろ」

というやっかみ混《ま》じりな小声を気にする者はいない。

「どこにいるの!?　あたしも見に行く！」

「三年A組の教室。お弁当食べてた」

「行こ、行こ!!」

盛《も》り上がった雰囲気につられて、果林以外の女生徒全員が立ち上がる。

知花がまだ箸《はし》を置かない果林を見た。

「果林は行かないの？」

「えー、でもぉ。なんかちょっと……」

動物園のパンダじゃあるまいし、珍獣扱《ちんじゅうあつか》いで見に行くのはどうかなぁ——と言いかけた時だ。

麻希が片手《かたて》を振《ふ》って笑った。

「だめだって知花。果林には雨水君がいるんだから」

「はぁ⁉」

引きつったのは果林一人で、他《ほか》の女子は全員うんうんと頷いた。

「そーかそーか。そうだったね」

「雨水君、すごい真剣《しんけん》な目で真紅さんのこと見てたもんね」

「奥手《おくて》の果林も、雨水君の猛《もう》アタックに陥落《かんらく》したわけかぁ」

「いつのまにかカップル様誕生《たんじょう》？　どうして教えてくれないのよ、お祝いするのに」

「な、何言ってるの⁉　全然違うよ！」

果林は必死で抗議《こうぎ》した。とんでもない誤解《ごかい》に顔中が熱い。火を噴《ふ》きそうだ。首筋《くびすじ》に汗《あせ》がにじむ。

（確《たし》かに雨水君は親切だけど……あ、あたしとは別にそういう仲じゃないもん。勝手にそんな……雨水君に悪いじゃない！）

教室を見回したが、幸い健太の姿《すがた》はない。学生食堂にでも行ったのだろう。いたら、恥ずかしくてとても目を合わせられない。

「えー、隠《かく》さなくていいってば。ねえ？」

「うんうん、真紅さんは来なくていいよ。雨水君に浮気《うわき》と思われたらヤバイでしょ」

「いやいや、それよりカレシしか目に入らないんじゃないの？」

真っ赤になった顔を面白《おもしろ》がったクラスメートにからかわれているとは気づかず、果林は弁当《べんとう》箱《ばこ》の蓋《ふた》を叩《たた》きつけるように閉《し》めて立ち上がった。

「もうっ、雨水君とあたしは何でもないってば!!……見に行く、見に行くわよ！　あたしだって、かっこいい男の子に興味《きょうみ》くらいあるんだからっ!!」

数分後、果林は他のクラスメートと一緒に三年A組の教室前に来ていた。

噂が伝わったのは一年D組だけではなかったらしく、廊下《ろうか》には女子生徒があふれ、バーゲン会場並《な》みの混雑《こんざつ》だ。それでいて黄色い歓声《かんせい》は上がらず、誰《だれ》一人教室へ乱入《らんにゅう》していこうともしないのは、亜沙子が言っていた『近づきがたい雰囲気』のせいかも知れない。みんな戸や窓《まど》の隙《すき》間《ま》から教室の中を覗《のぞ》き、

「ねーねー、先月のメンズに出てたモデルの子に似《に》てない？」

「十文字クンの方が美形と思う。ヤバイよ。もろ、あたしのタイプ」

「でももうちょっと愛想《あいそ》よくできないかな。確かにイケてるけど、偉《えら》そうすぎない？」

「バッカ。そこがいいんだってば。王子様は気位が高いものなのよ」

などと小声で囁《ささや》きかわすだけだった。

「果林、こっち。ここから見える」

人の流れをうまく縫《ぬ》って後ろのドアにたどり着いた麻希が、隙間《すきま》に目を当てて果林の袖《そで》を引いた。

「……こ、こんなにしてまで見なきゃいけないものなの、転校生って？」

「雨水君がいいなら正直に言ってみ？」

「違《ちが》うってば！」

抑《おさ》えた声で言い返し、果林は戸の隙間に目を当てた。

真ん中の列、一番後ろの席に座《すわ》って一人きりでお昼を食べているのが、噂の転校生、十文字燿一郎らしい。かがみ込んで戸の隙間から覗いているために、ちょっと顔が見えにくいが、食事を終えて弁当箱を片付けているのはわかった。

疎外《そがい》されているわけではなく、教室に残っている生徒、特に女子には話しかけたそうな様子がある。けれどもお互《たが》いに牽制《けんせい》し合っているのと、燿一郎自身の無愛想な表情《ひょうじょう》から近づけずにいるようだ。本人も教室内や廊下からの視線に気づかないはずはないのに「喋《しゃべ》る必要を認《みと》めない」と言いたげな空気をにじませ、周囲に人などいないかのように黙殺《もくさつ》している。気位の高いのもここまでいくといっそ小気味いい。

果林は隙間に押《お》し当てた顔の角度を変え、燿一郎に目の焦点《しょうてん》を合わせようとした。

その瞬間《しゅんかん》、

(……!?)

ぞく、と身を震《ふる》わせる戦慄《せんりつ》が背筋《せすじ》をすべり降《お》りた。血が沸騰《ふっとう》し、ものすごい勢《いきお》いで血管を駆《か》けめぐる。心拍数《しんぱくすう》が急上昇《きゅうじょうしょう》する。

「ひぁっ……!」

顔をはっきり確かめる余裕《よゆう》もなく、果林は小さな呻《うめ》き声をこぼし両腕《りょううで》で自分の体を抱《だ》きしめた。とても人に押されながら戸の隙間に目を当ててなどいられない。がくがくする膝《ひざ》を無理矢《むりや》理《り》動かして、後ろに下がった。

これは……この感じは。

(雨水君に近づいた時と同じ!?)

吸血鬼《きゅうけつき》としての本能《ほんのう》が——果林の場合、血を吸《す》わずに送り込むのだけれど——激《はげ》しく刺激《しげき》されている。きっと今自分の体内では猛烈《もうれつ》な勢いで血が造られているに違いない。

(嘘《うそ》!! ついこの間、出したばかりなのに!)

だが体は内側から強く訴《うった》えてくる。

嚙《か》みたい。

あの喉《のど》に深々と牙《きば》を突《つ》き立てたい。皮膚《ひふ》を破《やぶ》り頸動脈《けいどうみゃく》に尖《とが》った先端《せんたん》を届《とど》かせ、体からあふれ出す寸前《すんぜん》まで増《ふ》えた血を標的の血管へたっぷりと注ぎ込み、全身がとろけるような恍惚《こうこつ》感を味わいたい。今すぐに。

(だめっ。こんな、昼間の学校で……絶対《ぜったい》にだめっ！)

廊下《ろうか》の壁際《かべぎわ》まで下がって、果林はへたり込んだ。様子に気づいた麻希が人垣《ひとがき》を抜《ぬ》け出し、身をかがめて問いかけてくる。

「大丈夫《だいじょうぶ》？　どうしたのっ？」

「ひ、貧血《ひんけつ》、みたい……苦しい」

「にしちゃ、顔が真っ赤だけど。まあいいや、保健室に行こう」

麻希が果林の手を取って引き起こそうとした時、廊下の人だかりがざわめいた。

教室後ろのドアが内側から開いた。出てきたのは燿一郎だ。気圧《けお》されたように人垣が左右に割《わ》れて道をあける。

が、壁際にへたり込んでいた果林は咄嗟《とっさ》に動けなかった。教室を出てきた燿一郎とまともに向き合う格好《かっこう》になった。二人の距離《きょり》は一メートルもない。

(……嘘ぉおっ！)

果林は心の中で絶叫《ぜっきょう》した。

見覚えがある。三ヶ月ほど前、椎八場公園で嚙みついた相手だ。

(どうして!?　なぜあたしのいる学校に転入なんか……まさか、ばれたの!?)

燿一郎の視線が果林に止まる。へたり込んでいる格好が注意を引いたらしい。いぶかしげな表情になった。

「うぐっ……!!」

果林は口元を押さえた。心臓が苦しい。息が詰《つ》まる。湧《わ》き上がる血の衝動《しょうどう》が激しすぎて、ついていけない体が吐《は》き気《け》に似た感覚を引き起こす。

(や、やばいっ！　本気でだめ!!)

バネ仕掛《じか》けの勢いで飛び起きた。

「果林!?」

驚《おどろ》く麻希を放っておいて廊下を駆け出す。血が騒《さわ》ぐせいで頭がくらくらするが、のんびり歩いてなどいられない。とにかく、一秒でも早くこの転校生から離《はな》れなければ。

廊下の先は階段《かいだん》だ。急いで駆け下りて一年の教室へ戻《もど》ろう。

と思ったら——踏《ふ》み外した。

「い!?……あきゃああああぁーっ!!」

ずどどど、という騒音《そうおん》に悲鳴がからまり合って、踊《おど》り場《ば》まで落ちていく。

「果林っ！　大丈夫、果林!?」

日頃《ひごろ》のドジぶりを知っている麻希があとを追って駆け下りた。

他の生徒も様子を見に階段へ向かった。

「怪我《けが》はないの？　すごい音がしたわよ」

「うわ、でかいタンコブ」

「痛《いた》いー……ふぇええええん……」

「そりゃ痛いでしょうよ。亜沙子、手伝ってよ。保健室へ連れていくから」

クラスメートが麻希に手を貸《か》し、果林を両脇《りょうわき》から抱《かか》えて階段を下りた。

その様子を上の階から見下ろして、燿一郎は首を傾《かし》げた。

「あの豪快《ごうかい》な転びっぷり……見覚えがあるような……」

声には出さず、耳に留《と》めた呼《よ》び名を口の中だけで呟《つぶや》く。

「果林、か」


冷却《れいきゃく》シートを頭に乗せて、果林は保健室のベッドで休んでいた。十二段を転げ落ちたわりに、怪我は頭のコブだけですんだ。

早退《そうたい》して医者に行ってはと麻希は心配してくれたが、果林はしょっちゅう転ぶので、この程《てい》度《ど》なら大丈夫と経験《けいけん》的にわかる。医者に行くより今は動かずに、頭にできた大福餅《だいふくもち》ほどのタンコブを冷やしたかった。

「五時間目のノートは取っておいてあげるからね。先生にも言っておくから」

「うんうん、ゆっくり休んだ方がいいわよ、果林」

「ありがとー……」

「転入生を見に行った件《けん》は、雨水君には黙《だま》っててあげるから安心して」

「なっ……なぜそこで雨水君の名前が出るの!? 関係ないってば、もーっ！」

「興奮《こうふん》すると傷《きず》によくないよー。あははは っ」

真っ赤になって怒《おこ》る果林を見て、麻希達はけらけら笑いながら保健室を出ていった。戸が閉《し》まる。

果林はすねた顔のまま、冷却シートを頭に乗せてベッドに寝転《ねころ》がった。保健の先生は研修《けんしゅう》でいないため、部屋には果林一人きりだ。

(雨水君が聞いたら気を悪くしちゃうよ。あたしが一方的に迷惑《めいわく》をかけてるだけなのに)

恋人《こいびと》とかボーイフレンドとか、麻希達が思っているような関係では決してない。

ただ、クラスが同じで、バイト先も同じで、自分が鼻血を噴《ふ》いた時の後始末をしてくれたうえ、みんなに異常体質《いじょうたいしつ》のことを黙っていてくれただけだ。

(うーん。考えたら、いっぱいお世話になってるかも)

あとは、バイト先で脚立《きゃたつ》から落ちたのを受け止めてくれたり、気絶《きぜつ》した自分を背負《せお》って家へ送ってくれたり――。

(雨水君の背中、広くてあったかくて、気持ちよかったな……)

思い返すと恥《は》ずかしい。果林は鼻の上までシーツを引き上げた。

(で、でも、ただのクラスメートだもん。あとは雨水君にあたしの血が反応《はんのう》しちゃうだけで。……あ。そういえば三年の転入生、十文字燿一郎だっけ？　あの人にも血が反応した。……それどころじゃないよっ！　あの人、あたしが以前噛《か》んだ相手じゃない!!)

ことの重大さを思い出して果林は跳《は》ね起きた。頭から転がり落ちた冷却シートを拾ってコブに乗せ、ベッドに上体を起こしたままで考え込む。

あれは確《たし》か、三ヶ月くらい前に椎八場自然公園で見つけたターゲットだ。そういえば杏樹が、精神《せいしん》を完全に操作《そうさ》できなかったと言っていた。噛みついた記憶《きおく》だけは確実《かくじつ》に消したけれど、何度も顔を合わせて潜在意識《せんざいいしき》を刺激《しげき》したら戻るかも知れない、と。

「いやぁあああ、どうしよう――！　血が増《ふ》える吸血鬼《きゅうけつき》なんて恥ずかしすぎ――!!」

思わず頭を抱《かか》えて悲鳴をあげたあと、果林は我《われ》に返って口を押さえた。幸い廊下には誰もいなかったのか、人の来る様子はない。

「あ、危《あぶ》ない危ない……落ち着け、あたし」

ばくばくと拍動《はくどう》する心臓に手を当てて、果林は我《わ》が身に言い聞かせた。これでは転校生より自分の口の方が、よっぽど秘密《ひみつ》をばらしそうだ。

(あたしのこと覚えてるのかな？……ううん、さっきの顔はそんな感じじゃなかった。噛みつかれたのを覚えてたら、もっとびっくりするはずだもの。うーん、それにしても前に会った時もハイソな感じとは思ったけど、元華族《かぞく》のお坊《ぼっ》ちゃまかぁ。……あれ？）

その燿一郎に、自分の血が反応した。ということは彼も不幸を抱《かか》えているのだろうか。

（えー、なんで？　何が？　どんな？）

果林は考えた。

生活苦はあり得ない。

（あたしの方がよっぽど苦しいよね。バイトが明日でよかった。こんなタンコブ作って行くのつらいもん。ああ、今月の光熱費……いや、それはおいといて）

編入《へんにゅう》試験が満点だったくらいだから、頭はいいに決まっている。勉強の方面でも困《こま》ってはいないはずだ。

（いいなあ、賢《かしこ》いのって……今日は家に帰ったら数学の宿題やらなきゃ。でも先生の話を聞いてても全然わかんないもんなぁ。ああん、二週間も休むんじゃなかった、どうしよう。……じゃないや。転校生の『不幸』を考えてたんだった。えーと、他《ほか》には何がある？）

転校初日からモテまくりでアイドル状態《じょうたい》の超《ちょう》美形だから、彼が一言好きだと言えば大抵《たいてい》の女の子は承知《しょうち》するだろう。だから恋愛《れんあい》面の不幸とも考えにくい。

数えるうちに何だか、自分の方がよほどたくさん不幸の素《もと》を抱えている気がしてきた。

（外見も平凡《へいぼん》だし、頭も悪いし、ビンボーだし。そのうえ吸血鬼としても変な体質で……ああ、さっきはホントに危なかったよぉ。もうちょっとで、あんなに大勢《おおぜい》集まってる前で鼻血を噴くところだった。恥ずかしい……)

考えただけで顔が熱くなる。果林はシーツに突《つ》っ伏《ぷ》した。

頭を打ったショックのせいか、タンコブという形で内出血したせいか、血の疼《うず》きは収《おさ》まってくれた。

しかし十文字燿一郎が自分にとって危険《きけん》なのには変わりない。血の衝動《しょうどう》を刺激するというだけでなく、以前果林に噛まれた記憶をいつ取り戻すかわからないのだ。その点では、雨水健太以上に危険かも知れない。

(今のところ、あたしのこと覚えてはいないみたいだし、近づかないようにしよう。……学年が違《ちが》ってよかった。雨水君と違って、普通《ふつう》にしてたら顔を合わせないですむはず)

チャイムが鳴った。五時間目の終わりだ。果林はのろのろとベッドから降《お》りた。

打った頭はまだ痛《いた》むが、階段《かいだん》落ちの直後よりは随分《ずいぶん》ましになった。遅《おく》れた勉強のことを考えると、少しでも授業《じゅぎょう》に出ておきたい。

一年D組の教室前へ戻《もど》ってきた時だ。いきなり内側から戸が開いた。

「あ」

「う」

出てきた雨水健太と、まともに顔を合わせた。うろたえるあまり思わず無意味に両腕《りょううで》を振《ふ》り回しそうになったが、どうにか自制《じせい》し、思いつくままに挨拶《あいさつ》を口走る。

「う、雨水君じゃない。元気っ？」

健太があきれた表情《ひょうじょう》になった。

「元気って……俺《おれ》のことより、真紅、お前だろ。階段から落ちたって時任が言ってたぞ」

「ええっ」

ドジがもうばれているのかと、果林の頰《ほお》が熱くなった。

（ヤだ、恥ずかしい……）

赤くなって口をつぐんだ果林から、健太がとまどったように目を逸らし、呟《つぶや》く。

「大丈夫《だいじょうぶ》、なのか？」

「う、うん。平気。コブができただけ」

「そうか……ならいいんだ」

ほっとしたような笑《え》みが健太の顔に浮《う》かぶ。果林もつられて笑いかけたが、ふと戸口に突っ立って二人で見つめ合っている状態なのに気づいた。同時に健太も同じことを思ったらしい。

さあっと頰を紅潮《こうちょう》させたあと、

「と、とにかくあまり転ぶなよ。危ないから」

当たり障《さわ》りのない言葉を投げ、急ぎ足で廊下《ろうか》へ出ていった。

その背中を見送ったあと、果林はなぜともなく小さな溜息《ためいき》をこぼして教室に入った。

大丈夫かと問いかけてきた健太の、ぶっきらぼうだが気遣《きづか》いがこもった声が、まだ耳の底に残っている。思い出すと胸《むね》の奥《おく》がきゅんと心地《ここち》よく疼いた。

（……はっ！　また血が騒《さわ》ぎだしてる⁉）

そうとしか思えない。頬が熱くなるし、心臓《しんぞう》が高鳴って——これは、まずい。

（違うこと考えよう、えーと、現代文《げんだいぶん》の宿題……ああ、半分以上わからなかったよぉ。麻希はやってるかな、教えてもらわなくちゃ）

雨水健太のことを考えるのをやめると、胸の疼きはすぐに止まった。

（よかった。本格的《ほんかく》に血が増えたんじゃないみたい）

果林は一安心した。

まだ少し心臓がどきどきしているが、大丈夫そうだ。

（ああもう、三年の転校生も血が増える原因《げんいん》になるし、椎八場公園の誘拐魔《ゆうかいま》も怖いし……いろんな方面から危険が迫《せま》ってきたって感じ。帰ったらパパやママに相談してみよう。でもとにかく、今一番の問題は！）

やっていない宿題だ。果林は麻希の席へ歩いた。

2　増血鬼《ぞうけつき》は濡《ぬ》れ衣《ぎぬ》まみれ

終業のチャイムが鳴った。

「じゃ今日はここまで。気をつけて帰るのよ」

生徒達に笑いかけて担任教師《たんにんきょうし》の白井《しらい》が出ていった。途端《とたん》に教室がざわつく。ダッシュで教室を飛びだしていく者、席を立とうとせずまだ友達と喋《しゃべ》っている者、さまざまだ。

「じゃあね、果林《かりん》。また明日」

麻希《まき》が手早く帰り支度《じたく》をすませて教室から駆《か》け出していった。部活に急ぐようだ。

果林も鞄《かばん》を手に取った。机《つくえ》の中に入れていた教科書やノートを移《うつ》す。

部活動はしていないし今日はバイトもない。こういう日こそ早く帰って、休んだ期間の勉強を進めないと、このままでは確実《かくじつ》に追試でも赤点だ。

(椎八場《しいはば》公園の誘拐犯《はん》、つかまったのかなあ。昨日一昨日は噂《うわさ》を訊《き》かないけど……誘拐された人が黙《だま》ってたらわかんないもんね。やっぱり公園は通らない方がいいか)

なぜか急に外の廊下《ろうか》が静まり、妙《みょう》な緊張感《きんちょうかん》が流れているような気がしたが、深く気にしなかった。半開きの戸口から廊下へ出て——果林は息を呑《の》んだ。

戸口の前に十文字耀一郎《じゅうもんじよういちろう》が立っている。身にまとった貴族《きぞく》的な雰囲気《ふんいき》は、立っているだけで目立つ。廊下が静かになっていたのはこのせいか。

(ど、どうしてっ⁉)

学年が違《ちが》うから、普通《ふつう》に過《す》ごしていれば会うはずはないと思っていたのに。

動転しきった果林の足は床《ゆか》へ張《は》り付き動かなくなった。

果林を認《みと》めた耀一郎が壁《かべ》にもたれていた体を起こした。確認《かくにん》するような眼差《まなざ》しで果林を頭から足の爪先《つまさき》まで眺《なが》め下ろす。廊下には大勢《おおぜい》の生徒がいるし他の教室の窓《まど》からも見られているのだが、まったく気にする様子はない。耀一郎の視線《しせん》は果林ただ一人に据《す》えられていた。

「真紅《まあか》、果林？」

誰《だれ》に聞いたのか、ちゃんと自分の名を知っているようだ。折り取るような口調の尋《たず》ね方を失礼だと思う余裕《よゆう》さえなく、果林は黙ったままがくがくと首を縦《たて》に振《ふ》った。

頷《うなず》いた耀一郎が、まっすぐに歩み寄《よ》ってきた。果林の十センチ前まで。

(え？　え？　何……え、ええーっ⁉)

次の瞬間《しゅんかん》、肩《かた》をとらえて引っぱられたかと思うと、果林は抱《だ》きしめられた。

うわぁっ、というどよめきが耳を打つ。

(な、な、何……この人、何をっ……⁉)

あまりに予想外な事態《じたい》に、果林は声も出せず身動きもできず、ただ固まっていた。

抱擁《ほうよう》を崩さないまま燿一郎が呟《つぶや》いた。

「思い出した。あの時僕《ぼく》に抱き付いていたのは、やはり君だ」

「えええーっ！　お、思い出しちゃったの!?」

果林の叫《さけ》びを聞いて、燿一郎の声に会心の笑いに似《に》た響《ひび》きがにじんだ。

「確定」

「い!?」

果林の頭の中をネズミ花火が走り回った。思考回路が火花を上げてショートする。

（し、しまったぁーっ!!）

何のこと、とでもしらばっくれればよかったのだと気づいたが、もう後の祭りだ。自分で認《みと》めてしまった。

ばれてしまう。燿一郎の口から、学校のみんなに吸血鬼《きゅうけつき》――正確には違うけれど――だと、ばれてしまう。

顔から首筋《くびすじ》までが一気に熱くなった。

（どうしよう、どうしよう、どうしようーっ！）

そこへさらに異変《いへん》が起きた。

びくん、と体が大きく痙攣《けいれん》した。心拍数《しんぱくすう》と体温が急上昇《きゅうじょうしょう》していくのがわかる。

（こ、これって！　また来ちゃった!?）

耀一郎に近づきすぎたのだ。頭を打って一度は収《おさ》まったはずの血の疼《うず》きが、再燃《さいねん》している。

このままでは危険《きけん》だ。

果林はもがいた。

「や、やだ、離《はな》してっ……!!」

「?」

耀一郎が驚《おどろ》いたように手をゆるめた、その時だった。

「……な、何《いか》をやってるんだ!?」

驚きと怒《いか》りの混《ま》じった声が聞こえた。

「離してやれよっ!」

雨水健太《うすいけんた》だった。耀一郎の手をつかんで、果林から引き剥《は》がそうとしている。

「気安く触《さわ》るな」

冷たい口調で言って耀一郎は健太の手を払《はら》いのけた。

腕《うで》がゆるんだ機をとらえ、果林は慌《あわ》てて耀一郎から離れた。足がもつれそうになり、教室の壁に寄りかかってどうにか体を支《ささ》える。

視界が白いシャツで塞《ふさ》がれた。

健太が自分を背中《せなか》で庇《かば》うように立ちはだかっている。

(雨水君……)

気がゆるんで膝《ひざ》が崩《くず》れそうになった。人の多い廊下でいきなり抱きしめられて、全身の筋肉《きんにく》が引きつりこわばっていたのだ。

（あ……だ、だめっ……！）

健太の背に倒《たお》れかかりそうになるのを、果林は踏《ふ》みとどまってこらえた。血はまだ疼いている。健太に近づきすぎても危《あぶ》ない。

その間、健太は激《はげ》しい語調で燿一郎を難詰《なんきつ》していた。心底から怒《おこ》っているのが、顔の見えない背後《はいご》にいてもわかる。

「お前、何なんだよ⁉　セクハラなんかして、最低だぞ！　真紅が嫌《いや》がってるのに！」

「果林が嫌がるものか」

燿一郎はあっさり言い捨《す》てた。すでに名前の呼《よ》び捨てだ。

「な、何様のつもり……ふざけるな、現《げん》に嫌がってじたばたしてただろ！　お前、ちょっと顔がいいからって、女の子が全部自分になびくとでも思ってるのか⁉」

男子生徒全員の気分を代弁《だいべん》するような健太の言葉を、燿一郎は鼻で笑い飛ばした。

「そういう意味じゃない。果林の方が、僕を好きなんだ。自分から僕に抱き付いたくらいなんだから」

野次馬の間から驚きの声が上がった。

（いやーっ！　みんなの前で、そんなこと口に出さないで‼）

果林の頭の中でダイナマイトが爆発《ばくはつ》した。思考回路が焼け切れ、ショックで血の衝動《しょうどう》さえも吹《ふ》っ飛んでしまった。体温が急上昇《きゅうじょうしょう》し、汗《あせ》が噴《ふ》き出す。

必死で抗弁《こうべん》しようと果林は口を挟《はさ》んだ。

「ち、違……あれ、あれは、そのっ……！」

抱き付いたのは本当だが好意の表現とは違う。実は自分は吸血鬼で喉《のど》に噛《か》みついていただけ——とは、言えるわけがない。まして人間から血を吸《す》うのではなく、送り込《こ》む異常体質《いじょうたいしつ》だなどと白状《はくじょう》するのは、恥《は》ずかしすぎる。うまい言い訳《わけ》が出ずに、果林はただおたおたと顔の前で手を振るばかりだった。

健太からその果林へと視線を移《うつ》し、燿一郎が微笑《びしょう》した。

「好きでも何でもない相手に抱き付いたりしないだろう？」

「……ち、違うの。あたし……あ、あれは……その……」

どうやら噛みついて血を送り込んだことの記憶《きおく》は消えているらしい。その代わり燿一郎は、果林が自分に好意を持っていると思いこんでいるようだ。

真っ赤になって言葉を失った果林に、燿一郎は平然と話しかけてきた。

「僕は君を捜《さが》すために転校してきたんだ。君が必要だから。会えてよかった。……野次馬《やじうま》は放っておいていいよ。隠《かく》そうが隠すまいが、低俗《ていぞく》なゴシップ好きは言いたい放題言うものなんだから。気にする必要はない」

(そっちはよくても、あたしは気になるんだってばー!!)

廊下《ろうか》には自分と燿一郎、健太を取り巻《ま》く格好《かっこう》で幾重《いくえ》にも人垣《ひとがき》ができている。何とか、何とかしてごまかさなければ。

でもどう言えばいいのだろう。

(どうしよう……う、うまい言い訳が、思い浮《う》かばない……)

泣きたい思いでさまよわせた視線《しせん》が健太の横顔に止まった。怒ったように顔を紅潮《こうちょう》させて唇《くちびる》を引き結んでいる。

そういえば健太には以前、公園で昼寝《ひるね》していたサラリーマンに抱《だ》き付いて襲《おそ》ったのを目撃《もくげき》されていた。噛みつくところこそ見られなかったものの、援助交際《えんじょこうさい》と誤解《ごかい》され、そんなことはやめろと叱《しか》られた。まだきちんと釈明《しゃくめい》してはいない。

(雨水君、あきれたかも……この前の誤解《ごかい》もあるし、誰にでも抱き付くアバズレ女って、軽蔑《けいべつ》されたかも……)

そう思うと、早鐘《はやがね》を打っていた胸《むね》が今度は締《し》め付けられるように苦しくなった。涙《なみだ》がにじんだ。もうどうしたらいいのかわからない。

その時、健太がどなった。

「ちょっと待て! だからって真紅がお前を好きだなんて、勝手に決めつけるな!」

果林は大きく目を見開いた。

健太の声音に軽蔑や悪意はない。むしろパニックに陥《おちい》って言葉が出ない自分の代わりに、何とかしてみんなの誤解を解《と》こうとしてくれているかのようだ。気が高ぶっているらしく、額《ひたい》に汗をにじませた真剣《しんけん》な顔だった。

(あたしを、かばってくれてるの……？)

胸の底がきゅんと疼《うず》く。さっきまでのただ苦しいのとは違《ちが》って、どこか甘《あま》い痛《いた》みだった。

(雨水君……)

声も出せずに見つめている果林の前で、健太は燿一郎に向かい大声で叫《さけ》んだ。

「いいか、抱き付かれたのはお前一人じゃない！　俺《おれ》は見たんだ、真紅がよそのサラリーマンオヤジに抱き付いたり、それから……!!」

健太の言葉を遮《さえぎ》って、うおおお、と大きなどよめきが上がった。人垣が沸《わ》き返る。

(……いやあああぁっ！　雨水君、なんてことを、なんて場所でー!!)

果林の頭の中で水素《すいそ》爆弾《ばくだん》が爆発した。思考回路が消失する。

こんな弁護《べんご》なら、ない方がましだ。

健太がハッとした様子で口をつぐみ果林を振《ふ》り返ったが、もう遅《おそ》い。

「マジ？　あの子、抱き付き魔《ま》なの？」

「サラリーマンオヤジにぃ？　趣味《しゅみ》わるぅ」

「趣味ってより、援助交際《エンコー》じゃねー？　オヤジが相手なんて」

ひそひそ声と物見高い視線が果林に突《つ》き刺《さ》さってきた。燿一郎は唖《あ》然《ぜん》として健太と果林を見比べている。

「そ、そんなんじゃない、違うのっ！　違う……」

いたたまれない。

「うわぁあああああん!!」

果林は廊下を爆走して逃げ出した。

足にジェット噴射《ふんしゃ》がついたかのような勢《いきお》いに、健太も燿一郎も引き止めそこねて後ろ姿《すがた》を見送るしかなかった。

「……ふうん」

果林が消えたあとの廊下から健太に目を移して、燿一郎が小さく頷《うなず》いた。

「このクラスだな。名前は？」

「雨水健太だ。お前こそ何なんだ」

失言でうろたえていた健太が我《われ》に返り、燿一郎をにらみつけた。しかし燿一郎に動じる気配はない。

「三年A組、十文字燿一郎。……君の言葉が本当なら、果林が僕を特別好きだというわけじゃないのかも知れないな」

思いがけず素直《すなお》に言い分を認《みと》められて健太は目を丸くした。しかし燿一郎の言葉はまだ終わっていなかった。

「でも僕も引き下がれない。君が果林を好きなのはわかったが、僕と彼女の問題には口を挟まないでくれ」

「なっ……⁉　な、なんで俺が！」

首筋《くびすじ》まで朱《あけ》に染《そ》め、大汗をかいて健太は叫んだ。

「違うのか？」

「変な誤解をするな！　俺は、真紅とはただのクラスメートってだけで……‼」

「にしては随分《ずいぶん》と険悪《けんあく》な三白眼《さんぱくがん》でにらんでくるじゃないか」

「目つきは生まれつきだ、ほっとけ！」

「それは失敬《しっけい》。ただのクラスメートというだけの関係なら、なおのことだ。余計《よけい》なお節介《せっかい》はやめてもらおう。……失礼する」

かえって馬鹿《ばか》にされているように感じる頭の下げ方をして見せて、燿一郎は立ち去った。取り残された健太は少しの間呆然《ぼうぜん》としていたが、周囲の物見高い視線に気がつき、ダッシュで逃げ出した。

中心人物がいなくなってようやく人垣が崩《くず》れた。

「すげえ。ラブバトルの始まりか？」

「しかしあの転校生もわけわかんねェな……真紅とかいう女子はもっとわかんねェ」

「いいじゃん、面白《おもしろ》きゃ。どっちが勝つか賭《か》けるか？　俺、十文字に賭ける」

「乗った。俺は、一年の目つきの悪い方に千円張《は》るぞ。何だかんだ言って、あの女の子も意識《いしき》してる雰囲気《ふんいき》だったし」

「いやー、顔がよくて金持ちってのはオンナには大きいだろ。オレは三年生が一気に攻《せ》め落とすと見たね。……思い切って、二千円」

　男子は単に面白がっているだけだった。けれども、

「援助交際やってんだって？　サイテー。一高の恥《はじ》じゃん」

「でも、そうときまったわけじゃ……真紅さん、違うって言ってたじゃない」

「だけど中年オヤジに抱き付いてたんでしょ？　援助交際でなきゃ不倫《ふりん》よ」

「そうよね。十文字先輩《せんぱい》にも抱《だ》き付いてキスしたっていうし。……きっと色仕掛《いろじか》けでたらし込んだんだわ」

「そうよね。大して美人でもないくせに。気に入らない。ナマイキ」

　女子の間では、囁《ささや》きかわしが徐々《じょじょ》に不穏《ふおん》な方向に流れ始めていた。

　校舎《こうしゃ》を出て、門外で待つベンツの前に来た燿一郎は、運転席を見て面食らった。運転手の中《なか》岡《おか》ではなく執事《しつじ》の佐々木が座《すわ》っている。

「どうした？　何かあったのか」

「ご無事かどうか心配だったので、私が参ったのです」

燿一郎が乗り込んだ後部座席《ざせき》のドアを閉《し》め、運転席に入った佐々木が車を発進させる。

「何もございませんでしたか。暴力教師《ぼうりょくきょうし》に殴《なぐ》られたり、不良に恐喝《きょうかつ》されたり、モラルの乱《みだ》れた女子高生に誘惑《ゆうわく》されたり……」

「何もない。遠巻《とおま》きにされていた。ほとんどの生徒は話しかけてもこなかった」

「それはハブとかシカトとかいうイジメです。やはりこのような学校は燿一郎様にはふさわしくございません。銀嶺学院にお戻《もど》り下さい。また私が女生徒を屋敷《やしき》に連れて参ります」

「その必要はない。見つけたぞ、例の女の子」

「えっ、もう？」

「そうだ。見覚えがあると思ったから抱きしめてみたら、体形とか髪《かみ》の香《かお》りとか、全部記憶《きおく》の通りだった。本人も認めた。……もっと早く転校していればよかったんだ。そうすれば半月も無駄《むだ》にしないですんだ」

目的を果たしたせいで声がはずむ。逆《ぎゃく》に佐々木は溜息混《ためいきま》じりな口調になった。

「さようですか」

「どうした？　不満そうだな」

「あっ、いえ、そのようなことは……しかし見つかったのでしたら、もうここに通う必要もないのでは？　その女生徒の家を直接訪《ちょくせつたず》ねることもできましょう」

　燿一郎は少し考えた。

　困惑《こんわく》をあらわにした真っ赤な顔で半泣きになっていた少女。彼女を意識しているらしく、自分に向かって遠慮《えんりょ》なしに突《つ》っかかってきた、目つきの悪い一年生。果林を好きなのかと訊《き》いたら首筋まで赤くなって否定《ひてい》していたが、あの様子はやはり——。

「いいや。まだここに通う。果林に了解《りょうかい》してもらっていないんだ。雨水に対しても、卑怯《ひきょう》な真似《まね》はしたくない」

「うすい？」

　問い返した佐々木には答えず、燿一郎は明日からどうアプローチするかを考え始めた。

（とりあえず、果林が僕《ぼく》を好きなのかどうかを確《たし》かめる必要があるな）

　ルームミラーで佐々木が自分の表情《ひょうじょう》を窺《うかが》っていることには、気づかなかった。


　果林の家は、小さな丘の上に立つ古い洋館だった。その玄関《げんかん》ドアが開き、足音が騒々《そうぞう》しく駆《か》け込んだかと思うと、高い天井《てんじょう》に泣き声が響《ひび》き渡《わた》った。

「……うわーん！　あたしもう学校に行けないーっ！」

　泣きながら果林は自室のベッドにダイブした。家族に相談したくても今は日暮《ひぐ》れが一年でもっとも遅《おそ》くなる時期で、みんなまだ眠《ねむ》っている。一人で泣きじゃくった。

何という一日だったろう。

三年の転校生を見に行って血の衝動《しょうどう》が起き、階段《かいだん》から落っこち、帰りがけにはその転校生に人前で抱きしめられ「君が必要」などと告白され、パニックの自分をかばおうとした雨水健太には以前サラリーマンに抱き付いたことを暴露《ばくろ》された。

吸血鬼《きゅうけつき》とは知られずにすんだけれど——いや、いっそ正体がばれた方がましだった。

（きっと援助交際《エンコー》と思われちゃった……うう、違《ちが》うのに。恥ずかしいよぉ。学校のみんなと顔を合わせられない……！）

ベッドに突っ伏《ぷ》してじたばたしていたが、やがて興奮《こうふん》しすぎた反動が来て、果林は眠り込んでしまった。

「……こらっ！」

「あいた！」

目を覚ましたのは、いきなりスリッパで頭をはたかれたからだ。

母親のカレラが、学生鞄《かばん》を果林に突きつけてベッド脇《わき》に立っていた。

「ママ……」

「廊下《ろうか》にこんな物放《ほう》り出して！　もうちょっとでつまずくところだったじゃないか。いくら夜目が利《き》くったって、寝起《ねお》きはみんなぼーっとしてるんだからね！　気をおつけ!!」

グラマラスな体軀《たいく》を濃紫《こむらさき》のカクテルドレスに包み、片手《かたて》を腰《こし》に当て胸《むね》を反らした姿勢《しせい》で、ぴしぴしと言い立てる。派手《はで》やかな顔立ちだけに、怒《おこ》った表情には少々の厄介事《やっかいごと》でも蹴散《けち》らかしてしまいそうな迫力《はくりょく》があった。

母親を見上げた果林の両眼《りょうめ》にじわりと涙《なみだ》が盛《も》り上がった。

「ママーっ！　どうしよう、あたしもう学校に行けないよぉー!!」

果林は大泣きしながらカレラにしがみついた。

——十分後。

真紅家のリビングでは家族会議が開かれていた。

「自然公園の誘拐《ゆうかい》も危険《きけん》だが、これは何も果林が狙《ねら》いとは限《かぎ》らないんだろう。だったらしばらく公園を通らないようにすればいいんじゃないのかな」

父のヘンリーが溜息をつき、カレラはダークバイオレットに塗《ぬ》った爪《つめ》を顎《あご》に当てて考え込《こ》んだ。

「そうよねえ。それより厄介なのは、十文字燿一郎とかいう転校生だわ。果林に嚙《か》まれたことを思い出したら……今のところは勘違《かんちが》いしているみたいだけど」

「それだって充分《じゅうぶん》恥《は》ずかしいよぉ！　あたし、知らない人にいきなり抱き付いたって思われてるんだものっ！」

「えー、そんなのよくあることだろ？」

「お兄ちゃんはそうかも知れないけどさ……」

口を挟《はさ》んだ兄の煉《れん》に、果林はげんなりと呟《つぶや》いた。

今日はたまたま家にいたが、女性《じょせい》の家に泊《と》まり込んで帰ってこないことの方が多いような色欲魔人《よくまじん》の兄とは、一緒《いっしょ》にしてほしくない。

「援助交際してるアバズレと思われるくらいなら、いっそあたしは吸血鬼だって白状《はくじょう》しちゃった方がまし……」

「バカ!!」

両親と兄の三方向からどなられた。果林が口をつぐんだところへ、杏樹《あんじゅ》がとどめを刺《さ》す。

「ほんと、バカ。っていうか、お姉ちゃん吸血しないじゃない」

「ううぅ、言わないで。そのことだって恥ずかしいんだから。……あたしだって普通《ふつう》の吸血鬼になりたかったよ」

涙目になった果林に杏樹が肩《かた》をすくめた。

「噛まれたことは忘《わす》れてるんでしょ？　だったら適当《てきとう》にごまかせばよかったのに。蛇《へび》とか毛虫がいて驚《おどろ》いて、つい知らない人にしがみついちゃったとか」

「あーっ！　そうか、そう言えばよかったんだ!!」

「遅いだろ、今さら……」

あきれた煉にカレラが同調して頷《うなず》く。

「ほんとにこの子は、どうして咄嗟《とっさ》に頭が回らないんだか。……何にせよ学校中に知れ渡る勢《いきお》いで暴露されたんじゃ、もうその男の子から果林が抱き付いたって記憶《きおく》を消すのは無理だわ。精神操作《せいしんそうさ》の効《き》きにくい人間ってのは確かにいるから、噛まれたって記憶を消せただけでも上出来かしらねェ」

「血を吸《す》うんでなくても、首とか噛むことって多くない？」

「だから、お兄ちゃんと一緒にしないで……」

果林は呻《うめ》いた。ヘンリーが困《こま》ったように天井を見上げ、口髭《くちひげ》を撫《な》でた。

「しかし母さん、近づくだけで血が騒《さわ》ぐというのはやはりまずいんじゃないか。それでなくても果林と同じクラスに雨水少年がいるのに、もう一つ起爆剤《きばくざい》が増《ふ》えたようなものだ」

「そう、そうなのパパ！　しかもあたしは避《さ》けようとしてるのに、十文字さんの方から近づいてくるんだもの。どうしたらいいのか……学校休むしか、思いつかないよ」

「だけど休んだら家まで押《お》しかけて来ないか、そいつ？」

煉の言葉で、リビングの空気に緊張《きんちょう》が走った。全員が顔を見合わせる。

「それはいかんな。普通の人間は、めったなことではこの家にたどりつけないはずだが」

「杏樹の記憶操作を、不完全にとはいえ破《やぶ》った相手だからねえ……万が一の場合を考えた方がいいかも知れないわね」

「曇《くも》った日や夜ならコウモリを使って道に迷《まよ》わせる手もあるけど」

「晴れた日の昼間はあたし達みんな眠ってて、通常《つうじょう》の結界が破られちゃったら手の打ちようがないわ。ちょっと厄介かも」

果林もうろたえた。

確《たし》かに家へ押しかけてこられる方が数倍困る。吸血鬼の館《やかた》だから、一般人《いっぱんじん》に見られると危険《きけん》なものも多数置いてある。親友の麻希でさえ、この家に招《まね》いたことはない。

「ど、どうしたらいいと思う？」

兄の煉が両手を広げて肩をすくめた。

「お前、いっそそいつのカノジョになっちゃえよ」

「なっ……何言ってるのよ、お兄ちゃん！」

「相手が逃《に》げれば追いかけたくなるのが恋愛《れんあい》ってもんだ。……お前がカノジョになればそいつも満足して、家まで押しかけようとは思わないだろう。第一恋人《こいびと》同士なら首を噛んでも不自然じゃないから、血が増える周期を狂《くる》わされても問題ない。あふれそうになったら噛めばいいんだ」

「そ、そんな……あたし、そんな深いお付き合いなんて、まだしたことないのにっ⁉」

「誰《だれ》でも初体験を乗り越《こ》えて成長するんだよ」

「果林の性格《せいかく》を考えたら無茶《むちゃ》だけど……でも煉の言うことにも一理あるわねえ」

母の賛成《さんせい》を受けて煉は話し続ける。

ろ?」

「顔も頭もよくて、家柄《いえがら》のいい金持ちの御曹司《おんぞうし》で、しかも物好きにもお前を口説いてるんだ

「物好き……どういう意味よ!? ムカつくーっ!」

「まあまあ果林、暴《あば》れるな。煉の話を最後まで聞いてみよう」

「で、でもっ……」

反論《はんろん》しようとした果林を父が止める。煉は畳《たた》みかけるように言った。

「そんな好条件《こうじょうけん》の男、多分二度とお前の人生に現《あらわ》れないぞ。結婚《けっこん》しろってんじゃなし、ひとまず付き合ってみればいい。……それとも何か? お前、誰か他《ほか》に好きな相手がいるのか? なら俺《おれ》だって無理に勧《すす》めやしない」

「えっ……」

口ごもった果林の脳裏《のうり》を、なぜかクラスメートの面影《おもかげ》がよぎった。背《せ》が高くて目つきが悪くて、でも本当は優《やさ》しい——。

(ち、違うって! 親切だし感謝《かんしゃ》はしてるけど、あたし、別に雨水君とは何にも……!)

雨水健太の顔を思い出してしまったことに狼狽《ろうばい》して、果林は激《はげ》しく首を振《ふ》った。

「何だ、やっぱりいないのか。ならいいじゃないか。付き合えよ。何事も経験《けいけん》だと思って」

そう言って腕《うで》時計を見た煉がソファから立ち上がる。

「俺、出かける。夜には戻《もど》るって約束してマリコのマンション出てきたから。……あの女、血

の味はコクがあっていいんだけど、嫉妬《しっと》深いんだよなー」

言い捨《す》てて大股《おおまた》にリビングを出ていってしまった。

「戻るって……あの子、自宅《じたく》とオンナのマンションと、どっちが巣のつもりなんだか」

カレラが顔をしかめる。果林は頭を抱《かか》えた。

「どうしよう。お兄ちゃんみたいなやり方、あたしにはとてもできないよぉ」

「うーん、その少年と付き合うかどうかは果林次第《しだい》だが……とりあえず明日学校へ行って、向こうの出方を探《さぐ》るしかないだろうな」

「そうねえ。昼間にこの家に来られるのが一番厄介《やっかい》だから」

「で、でもあたし、援助交際《えんじょこうさい》してるって誤解《ごかい》されて……恥《は》ずかしい」

「果林の気性《きしょう》を知ってる人間なら、そんなの信じやしないよ。苦しい言い訳《わけ》だけど、さっき杏樹が言った線で押し通すことね」

果林にも他の方法は思いつかない。仕方なく頷いた。

「うん……じゃ、あたし部屋で勉強するから」

昼型生活の果林が家族と顔を合わせられるのは、日暮《ひぐ》れ時から果林が寝《ね》るまでの数時間しかない。だから個室《こしつ》があっても、普段《ふだん》は宿題も予習復習《ふくしゅう》もリビングルームでする。

しかし今日は一人になりたかった。

（はぁ……明日、麻希とか雨水君とか、クラスのみんなとどんな顔で話せばいいんだか大きく溜息《ためいき》をついてドアを後ろ手に閉《し》めようとしたら、抵抗《ていこう》がかかった。振り向くと杏樹が自分についてリビングを出てくる。

「どうしたの？」

「ん、あたしも部屋に戻ろうかと思って。……お姉ちゃん、雨水君って同級生はどうなったの？　血が騒ぐって言ってたけど」

「どうにも……近づきすぎると増血《ぞうけつ》しちゃうのは変わりないよ。とりあえず波風立てないようにしてる」

健太が幸せになれば自分にも平和な生活が戻ると思っていたが、彼を幸せにするどころか、かえって世話ばかりかけている気がする。

(今日も助けようとしてくれたんだ、雨水君……方向がずれてたけど……)

自分をかばった白いシャツの背中を思い出し、ほてった頬《ほお》に果林は片手《かたて》を当てた。

「どうしたの？」

「ううん、何でもない。……それより今は十文字さんの方が厄介」

「付き合うの？」

「うっ……ま、まだそこまでは、決心が……」

果林は動揺《どうよう》して、おたおたと手を振った。

兄が言うとおり、ボーイフレンドとしてはこれ以上望むべくもない好条件の相手だ。

(王子様とか騒がれるだけあって、間近で見てもカッコよかったな……別に、付き合いたいとか思ってるわけじゃないけど)

抱《だ》きしめられた時のことを思い出すと、今でも心臓《しんぞう》が高鳴る。

(ほんのりグリーンシトラス系のいいにおいがしたっけ。男性用コロンだよね、あれって。腕の中に、ふわっ、て包み込まれるみたいだった。細身に見えても一八〇センチ近くありそうだから、あたしより一回り体格《けい》が大きくて当たり前なんだけど。あたし、心臓がドキドキして、体がかぁっと熱くなって、息が苦しくなって……)

で、嚙《か》みつきたくなったのだ。

がっくりして果林は壁《かべ》に手をついた。

雑誌《ざっし》モデルをはるかに超える美形の上級生に抱きしめられたというのに、自分の反応《はんのう》にはロマンチシズムがなさすぎる。

それにしても燿一郎の何が自分の血を刺激《しげき》するのだろう。あの自信満々傍若無人《ぼうじゃくぶじん》な態度《たいど》を見ていると、とても不幸とは思えないのに。

「お姉ちゃん」

「え?」

妹の呼《よ》びかけで果林は我《われ》に返った。

「あたしは十文字って男の子はやめた方がいいと思うな。釣《つ》り合わないよ。すぐ飽きられて捨《す》てられる気がする」

「何なの⁉ その、あたしがフラレるに決まってるような言い方は！」

「フラレずにすむ自信ありなの？」

「うっ、それは……」

果林は引きつった。

確《たし》かに、なぜあんな王子様タイプが自分を選んだのかを考えても、納得《なっとく》のいく答えは見つからない。突然《とつぜん》好かれたのと同じく、突然飽きてフラレる可能性《かのうせい》も充分《じゅうぶん》ある。

「お姉ちゃんにはきっと……ま、いいや。じゃ、おやすみなさい」

沈黙《ちんもく》している果林に何か言いかけて結局やめ、不思議な微笑《びしょう》を見せて杏樹は自分の部屋に入ってしまった。


翌日《よくじつ》は雨だった。傘《かさ》を差してお喋《しゃべ》りしながら歩く生徒の間を、レインコートを着た自転車通学生がすり抜《ぬ》けていく。

「おはよー」

「おはよ。今日の体育、外は無理だね」

「オッス。よく降《ふ》るなあ」

「それ新しい傘じゃん。いい色だね」

校門をくぐった果林は、同じクラスの女の子を見つけて声をかけた。

「あっ、知花《ちか》、ユカリン。おはよう」

知花達が振り向いた。

が、二人とも挨拶《あいさつ》は返してこなかった。果林をにらんだかと思うと、小声でひそひそ囁《ささや》き合い足を早めて校舎《こうしゃ》へ去っていく。

「え……何？」

果林はぽかんとした。——まさか、昨日のことが原因《げんいん》だろうか。

（そ、そんな……だって、昨日までは普通《ふつう》に喋ってたのに。急に、そんな）

不安な思いで校舎に入った。廊下《ろうか》を歩いていても、すれ違《ちが》う生徒の何割《なんわり》かが好奇《こうき》や侮蔑《ぶべつ》の混《ま》じった視線《しせん》を投げかけてくる。

「……果林！」

ぐい、と腕《うで》を引っ張《ぱ》られた。振《ふ》り返ると麻希だった。トイレから廊下へ出てきたところへ、果林が通りかかったらしい。

「麻希、おはよ。もー、雨で服も鞄《かばん》も……」

「雨どころじゃないったら。あんた、援助交際《エンコー》しまくりって噂《うわさ》になってるわよ」

「えぇぇ⁉」

不安が的中した。

母のカレラは、果林の性格《せいかく》を知っていたら信じないだろうと言い、自分もそう期待していたのだが、見通しが甘《あま》かったらしい。

麻希が心配と焦《あせ》りを顔に浮《う》かべて問いかけてきた。

「昨日の部活に遅《おく》れてきた子から聞いたの。あんたが廊下で例の三年生に抱き付いて無理矢理《むりやり》キスしたって、ほんと？　あの三年は以前に果林が引っかけた相手で、二股《ふたまた》かけられた雨水君と廊下で殴《なぐ》り合いになったとかいう話も出てたけど」

「違う、全然違う！」

果林は慌《あわ》てて否定《ひてい》し、昨日のことを簡単《かんたん》に説明した。顔中が熱い。途中《とちゅう》で逃《に》げ出したから殴り合いが事実かどうかは知らないが、とにかく噂は恐《おそ》ろしく歪《ゆが》んでしまっている。

「……だから、以前公園で十文字さんに抱き付いたことはあるけど。あれは、その、蛇《へび》が出たから、驚《おどろ》いて……あたし、援助交際なんかしてない。ほんとに……」

「泣かないの。わかってるわよ、奥手《おくて》の果林にそんなことできるわけないじゃん」

恥《は》ずかしすぎる誤解《ごかい》を知って涙《なみだ》ぐんだ果林に、麻希は力強く頷《うなず》いてくれた。

「でも今朝の様子じゃ亜沙子《あさこ》とかはかなり怒《おこ》ってる感じ。あの子達、例の三年生を王子様扱《あつか》いしてたから。純情《じゅんじょう》なお坊《ぼっ》ちゃまを果林が色仕掛《いろじか》けでたらし込《こ》んだとか、無茶苦茶言ってる」

「そんな……」

「要するにやっかみなんだけど。気をつけた方がいいわよ」

喋っている間に一年D組の教室に来ていた。戸を開けて中に入った果林は、ぎょっとして息を大きく吸《す》い込んだ。

自分の机《つくえ》にテレホンクラブのビラが山のように積まれている。

「やだっ、何これ……」

慌てて駆《か》け寄《よ》り掻《か》き集めようとしたら、からかうような声が投げかけられた。

「えー、真紅さん、バイト先に困《こま》ってるんじゃないの？　好きでしょ、そういう場所」

少し離《はな》れた亜沙子の席に数人の女生徒が集まり、果林の方を見てくすくす笑っている。

麻希がどなった。

「あんた達なの、こんなことしたの⁉」

「えー、知らなーい。来たらもう置いてあったんだもん。ねー」

「ねー。真紅さんの忘《わす》れ物でしょ？」

「そういうバイトしてるって聞いたけど」

「果林は違うって言ってるわよ！　ねえ⁉　ちゃんと自分で言いなよ、果林！」

麻希に促《うなが》され、緊張《きんちょう》で言葉に詰《つ》まりながらも果林は必死に釈明《しゃくめい》した。

「ほ、ほんとなの。違うの。以前公園で抱《だ》き付いちゃったことはあるけど、その、蛇がいて驚いて……つい夢中《むちゅう》で……」

「へーぇ？　そういう言い訳《わけ》でオトコ引っかけるんだ。うまいねー」

嘲笑《ちょうしょう》されて果林は半泣きになった。もともとが嘘《うそ》だから、言いつのる気力が湧《わ》かない。

代わりに言い返してくれたのは麻希だった。

「いい加減《かげん》にしなさいよ！　要するにヤキモチでしょ、見ててダサイよ！　果林にからむ暇《ひま》があったら、自分であの三年生にアタックすれば!?」

ヤキモチという言葉が的を射《い》たらしい。亜沙子がぐっと詰まった表情になった。

「おー。時任《ときとう》、かっこいい」

教室の戸口で拍手《はくしゅ》が聞こえた。

内藤福美《ないとうふくみ》が入ってきた。一部始終が聞こえていたらしい。果林の横を通りすぎざま、背中《せなか》を軽く叩《たた》く。

「人の噂も七十五日、ってね。やましいことがないなら堂々としてればいいよ、真紅」

そのまま自分の席へ行ったが、麻希の他《ほか》にも味方がいると知って果林は心強さを覚えた。

逆《ぎゃく》に亜沙子や知花は、教室の空気が必ずしも自分達に好意的でないと気づいたらしく、居心《いごこ》地《ち》の悪そうな顔になった。取り巻《ま》きの中には恥じ入ったようにうつむく者もいた。

このままいけば、果林の学校生活はあっさり元《もと》に戻ったかも知れない。

しかしその時、戸の開く音と同時に薔薇《ばら》の芳香《ほうこう》が教室の中へ広がった。

戸口を見た果林はひっくり返りそうになった。入ってきたのは十文字燿一郎だ。それも、真っ赤な薔薇を五十本くらいまとめた巨大《きょだい》な花束を手にして。

浮《う》いている。平凡《へいぼん》な公立高校の朝の風景としては、とんでもなく浮いている。それでなくとも目立つ容姿《ようし》だし、昨日の一件《いっけん》ですでに彼は校内一の有名人になっていた。

教室内のすべての視線が集中した。

しかし当人はそんなことはまったく気にしていないらしい。まっすぐ果林に向かって歩いてきたかと思うと、花束を差し出した。

「おはよう、果林」

愛想《あいそ》笑いも何もない。朝の挨拶《あいさつ》と同じく、ごく当たり前なことをしていると言わんばかりの平静な表情だ。

隣《となり》に目をやったが麻希はいなかった。亜沙子達のイジメにはたじろがず庇《かば》ってくれた麻希も、果林以外目に入っていないような燿一郎の態度《たいど》と大量の薔薇には圧倒《あっとう》されたらしい。数歩後ろに下がってしまっている。

かちんこちんになりながら、果林はどうにか返事を絞り出した。

「オ、オハヨウ、ゴザイ、マス……こ、こ、これ、あたしに？」

「好みがわからなかったから、とりあえず薔薇にした。嫌《きら》いな花なら捨《す》ててくれ」

「いえっ、そ、その、別に薔薇は、嫌いじゃないですけど……」

机に置いたらはみ出すほど大きな花束を朝の学校でもらっても、どうしたらいいかわからない。差し出されて受け取りはしたものの、果林は困惑《こんわく》した。

「ありがとうございます……でも、置いておく場所がないから……」

「運転手に預《あず》ければ？　もう車は帰してしまったのかな？」

誰《だれ》もが運転手付きの車で登校してくると思っているらしい。生活レベルの違《ちが》いに疲労《ひろう》感を覚えつつ、果林は説明した。

「車はないんです。あたし徒歩通学なので」

「そうか……そういえば佐々木が言っていたっけ。この学校の生徒は車を使わないのが普通《ふつう》だって。環境《かんきょう》への関心が高いんだな」

感心したように一人で頷いたあと、燿一郎は果林に話しかけた。

「昨日はすまなかった。いきなり抱《だ》き付いたりして。以前のこともあって、君が僕《ぼく》に好意を持ってくれていると思っていたんだ。……実際《じっさい》はどうなんだろう」

果林は花束に視線《しせん》を落とし、かろうじて言い訳を口に出した。

「四月の、あれは、その……蛇《へび》がいて、怖《こわ》くて、つい夢中で」

「じゃ、雨水が言っていた、他の人に抱き付いたっていうのも？」

「そ、そうなんです。あたし、蛇とか毛虫が苦手で。パニックになって、知らない人にでもしがみついちゃって……」

嘘をついているのが心苦しく、声がとぎれとぎれになった。顔を上げられない。

けれどそれがかえって真実味を添《そ》えたらしい。燿一郎は溜息《ためいき》をついた。

「そうだったのか」

「ごめんなさい。ちゃんと言わなくて、あたし……」

「まあ、いいさ。これから好きになってもらえばすむことだ」

「は？」

「改めて、交際《こうさい》を申し込みたい」

教室にざわめきが巻き起こる。口笛を吹《ふ》く者までいた。

果林はうろたえて周囲を見回したが、助け船は来ない。

「そ、そんな、突然《とつぜん》言われても……」

「初めて会った時から三ヶ月近くたっている。充分《じゅうぶん》な時間だと思うんだが」

「あ、あの……でも、あの……」

果林がしどろもどろになっていると、教室が再《ふたた》びざわめいた。

雨水健太が後ろの戸口から教室に入ってきたところだった。

教室内の全員が、正確《せいかく》かどうかは別にして昨日の経緯《けいい》を知っているらしい。無責任《むせきにん》な期待に似《に》た気配が、皆《みんな》の顔を走った。

「おは……」

挨拶を口にしかけていた健太が声を呑《の》んだ。果林と燿一郎と巨大な薔薇の花束を見比《みくら》べて、眉《まゆ》を吊《つ》り上げる。

果林は、昨日自分が逃《に》げ出したあと燿一郎が健太に宣戦布告《せんせんふこく》したのを知らない。けれど二人の間に流れる空気の険悪《けんあく》さはわかった。

(う、うわ……どうしよう。まさか昨日のことが尾《お》を引いてるの?)

果林の心拍数《しんぱくすう》が急上昇《きゅうじょうしょう》した。不安感で体が押《お》しつぶされそうだ。

健太は無言で自席に歩き、鞄《かばん》を置くと、座《すわ》ろうともせずに足音荒《あら》く教室を出ていった。もともと目つきが悪いだけに、不機嫌《ふきげん》な顔には恐《おそ》ろしい迫力があった。戸が閉《し》まったあとも教室内はしんと静まりかえり、誰も何も言わない。果林もただ固まっていた。

口を開いたのは、人の思惑《おもわく》を一切《いっさい》気にしない燿一郎だ。

「あいつは、君とはただのクラスメートで恋人《こいびと》でも何でもないと言っていたが……」

「は、は、は、はい。そ、そーです」

うわずった声で返事をした果林は、どっと汗《あせ》が噴《ふ》き出すのを覚えた。確《たし》かに、健太と自分はただのクラスメートだ。

「なら気にする必要はないな。返事を聞かせてほしい」

「あ、あ、あの……」

果林が口ごもった時、スピーカーから予鈴《よれい》が鳴り響《ひび》いた。

「時間切れか。またあとで」

燿一郎がきびすを返す。受け取ったままの花束に気がついて果林は叫《さけ》んだ。

「あ、あの、これっ……ごめんなさい、せっかくもらっても、置いておけないし……!!」

「気に入らなければ捨ててくれていい。もう君の花だ」

「いえ、でも、あの……」

果林が口ごもっている間に、燿一郎はさっさと一年D組の教室を出ていってしまった。

果林は花束を抱《かか》えてその場に突《つ》っ立っていたが、ふと、ものすごい視線を背中《せなか》に感じて振《ふ》り返った。

(ひええっ！)

体がすくんだ。

ごごごごご、と炎《ほのお》の燃《も》え上がる書き文字が背後《はいご》に浮《う》かび上がりそうな形相で、亜沙子達が自分をにらんでいる。ヤキモチはダサイと言われていったんは平静になりかけたのに、燿一郎の行動を目《ま》の当たりにして再び嫉妬心《しっとしん》が燃え上がったらしい。

「やれやれ、タイミングの悪い王子様だね」

「うん……穏便《おんびん》に収《おさ》まりそうだったのに」

燿一郎の立ち去った戸口を見やって福美と麻希が囁《ささや》き合い、溜息をついた。

それでも、麻希の一喝《いっかつ》が効《き》いたのかも知れない。授業中《じゅぎょうちゅう》に知花や亜沙子から敵意《てきい》のこもった悪戯《いたずら》を仕掛《しか》けられることはなかった。

「自分達でもわかってるんでしょ、嫉妬が原因《げんいん》のみっともない嫌《いや》がらせだってのは」

昼休みの教室で一緒《いっしょ》にお昼を食べながら、麻希が言った。

薔薇《ばら》の花束は大きすぎるので、朝のＨＲのあと、担任教師《たんにんきょうし》の白井《しらい》に渡《わた》して職員室《しょくいんしつ》へ運んでもらってある。

「全員が亜沙子達みたいに思ってるわけじゃないんだもの、果林は福ちゃんが言ったように堂々としてなよ」

「うん……ありがと。麻希が味方してくれなかったら、あたしきっと学校から逃げ帰っちゃってた。ほんとにありがとう」

「気にしない気にしない。友達じゃない」

言いながら麻希が果林の弁当箱《べんとうばこ》から卵焼《たまご》きをつまむ。

「うん、おいしい」

「あっ、それ最後に食べようと思っておいといたのに！」

にらんではみたが、麻希が自分を庇《かば》ってくれたことを思えば卵焼きの一つくらいは何でもない。果林は弁当箱を片付《かたづ》け、教科書と問題集を取り出した。

「ごちそうさま。……ね、麻希、五時間目の数学教えて。昨日隣《となり》の列で終わったから、今日は先生、絶対《ぜったい》あたしの列を当ててくる」

「順番で行くと当たるのは問2よね」

「うん。全然わかんない……」

二週間のブランクは大きい。

「問2はあたしもよくわからないからなぁ……雨水君に教われば？　って、いないか。学食へ行ったのね」

「どーしてそこで雨水君なのよ!?」

果林は慌《あわ》てて抗議《こうぎ》した。頬《ほお》がほてる。

「だって、以前小テストで結構《けっこう》いい点取ってたもの。授業で当たっても答えに詰《つ》まることってないし、実は頭いいんじゃない？……ね、正直、果林は雨水君をどう思ってるの？」

麻希が声をひそめる。

果林の正体を知らない麻希は、雨水健太とごたごたしていたのを恋模様《こいもよう》と勘違《かんちが》いしているらしい。

「どうって……た、ただのクラスメートで、バイト仲間」

そう答えたものの、心臓《しんぞう》の鼓動《こどう》はなぜか今までより早く大きく打ち始めた。

「雨水君は果林を意識《いしき》してるわよ、今朝のあの雰囲気《ふんいき》ったら。転校してきた時も、前の席にいるあたしの名前をなかなか覚えなかったのに、果林はすぐに覚えたし。そうそう、昨日果林が階段《かいだん》から落ちたって福ちゃんに話した時、隣にいたんだけど、眉毛《まゆげ》がぴくっとしてた。あれは絶対心配してたんだと思う。雨水君てあんまり他の人のことで表情《ひょうじょう》変えないよ。ほら、化学室で前田君が薬品を爆発《ばくはつ》させた時も落ち着いてたじゃん？　果林の時だけだもの、表情変えるのは」

「で、でも……それは、ただの偶然《ぐうぜん》かも……」

うつむいた果林に、麻希はさらに声をひそめて問いかけた。

「果林が雨水君を友達としか思ってないなら、それはそれでいいけど。じゃ、王子様は？」

「王子様って？」

「あの三年の転入生。もうすっかりこの呼《よ》び名が定着してるみたい。金持ちであの顔であの性《せい》格《かく》だから、確かに当たってるわよね。……で、どうなの？」

「そ、そんなこと言われても……話をしたの、昨日が初めてなのに」

果林はさらに深くうつむいた。昨日の顚末《てんまつ》を思い返すと、恥《は》ずかしさで床《ゆか》に穴《あな》を掘《ほ》って埋《う》まりたくなる。

麻希が溜息《ためいき》をついた。

「あたしはああいう偉《えら》そうなタイプは苦手だから、誰とくっついたってどうでもいいんだけど。でもあの外見でしょ。亜沙子達以外にも、王子様扱《あつか》いでキャーキャー言ってる子は多いみたいよ。変に引っ張《ぱ》ると反感を買いそうだから、付き合うなら付き合う、断《ことわ》るなら断るで早く返事をした方がいいと思うな」

「うん……」

兄の忠告《ちゅうこく》が脳裏《のうり》をかすめた。

『他《ほか》に好きな相手がいないなら彼女になっちゃえよ。そんな好条件《こうじょうけん》の男、多分二度とお前の人生に現《あらわ》れないぞ』

そう言われたのだ。

(確《たし》かにかっこいいし、ちょっと強引《ごういん》ていうか傍若無人《ぼうじゃくぶじん》だけど、悪い人じゃなさそうな感じだし……だけどお兄ちゃんが言うみたいに簡単《かんたん》にお付き合いってわけにも……)

迷《まよ》う。

「……果林あんた、問題集に渦巻《うずま》き書いてどーするの」

「ああっ！」

シャープペンシルを持った手が、堂々巡《めぐ》りの思考につられて問題集の上をぐるぐる動いてしまった。慌てて消しゴムを使っていると、背後《はいご》で戸の開く音がした。

麻希が「うわ、また来た」とのけぞった。

(えっ!? まさか……！)

顔を上げると予想通り、教室に入ってきたのは十文字燿一郎だ。まっすぐ果林の席へ歩いてくる。

「朝の返事を聞かせてもらおうと思って。君は？　果林の友達か？」

「え、ええ。でもまあ、お邪魔《じゃま》みたいだから……」

引きつった作り笑いの麻希がサンドイッチの包み紙を手に席を立った。偉そうなタイプは苦手と言っていたから、燿一郎の高圧《こうあつ》的な雰囲気に気を呑まれたのかも知れない。

「あ、あたし、これ捨《す》ててくる。他にちょっと用事もあるし。じゃねっ」

「あっ、麻希！　待っ……」

一人にしないでぇ――という叫《さけ》びは声にならずに消えた。

燿一郎はさっきまで麻希が座《すわ》っていた椅子《いす》に無造作《むぞうさ》に腰《こし》を下ろし、果林を見た。

「どうだろう。返事は」

「ち、ちょっと待って！　その話は待ってください！」

果林は必死で押しとどめた。

燿一郎の対処《たいしょ》は根本的に間違っている。

果林が喋《しゃべ》っている相手が立ち去った以上は二人きりも同然と思っているらしいが、雨のせいもあって教室には大勢《おおぜい》残っているのだ。

多分昨日言っていたように、彼には野次馬《やじうま》の耳などどうでもいいのだろう。だが自分にとっては単なる野次馬ではなくクラスメートだ。その前で話を進められては困《こま》る。

「まだ決まらない？」

「あ、あの……やっぱり、こういうのって、慎重《しんちょう》に考えたいし……もう少し、待ってくださ い」

蚊《か》の鳴くような声で果林は答えた。燿一郎は気を悪くしたふうもなく頷《うなず》いた。

「当然だな。君が軽い女の子じゃないと知って僕も嬉《うれ》しい」

「……」

「じゃ、返事は返事として、少し話でもしようか」

「そ、それもちょっと、困る、ので……」

「なぜ？」

「なぜって……」

みんなが聞き耳を立てている教室内で話などできないし、かといって場所を移《うつ》しても、後ろからぞろぞろあとをつけて来そうだ。

(こ、困った。麻希は帰ってきそうにないし)

果林は机《つくえ》に広げた問題集を言い訳《わけ》の材料にした。

「あの、えっと……あたし、五時間目の数学の宿題をまだやってないんです。これ、授業《じゅぎょう》できっと当たるから、昼休みのうちにすませておかないと」

指さした箇所《かしょ》に燿一郎が視線を落とした。

「簡単な問題じゃないか」

あっさり言われて果林はうなだれた。三年生には簡単かも知れないが、自分は昨日一晩《ひとばん》考えてもさっぱりわからなかったのだ。

「問1、aは4。bは2」

「え？」

「問2、直線ABの方程式《ほうていしき》はy＝-x＋12だ。問3、最小値《さいしょうち》は……」

逆《さか》さまになる位置から問題集を見ているにもかかわらず、燿一郎の声によどみはなかった。三年生だから一年生の問題が解《と》けるのに不思議はないが、それにしても早い。淡々《たんたん》とした口調で立て続けに答えを述《の》べていく。

「ああーっ、待って待って！　ノートに書くから待ってください!!」

叫んで燿一郎を押《お》しとどめ、果林はシャーペンを握《にぎ》り直した。

教室のあちこちで慌《あわ》ててノートを取り出す気配がする。数学の宿題をやっていなかった者は果林一人ではなかったらしい。

「……お願いしますっ」

果林が用意を調《とと》えたのを見届《みとど》け、燿一郎がもう一度回答を繰《く》り返した。

「問1、aは4、bは2。問2、ABの方程式は……」

「あの、問1の途中経過《とちゅうけいか》を……」

「グラフの対称移動《たいしょういどう》」

「す、すみません。もうちょっと詳《くわ》しく教えてもらえませんか？」

「x軸《じく》に対する対称移動はわかるだろう、それの応用《おうよう》……え、わからない？」

天才肌《はだ》というのだろうか、見れば答えがわかってしまうらしく燿一郎の説明はきわめてあっさりしている。それでも果林が頼《たの》むと計算式を一行ずつ教えてくれた。

「……で、a＝4、b＝2になる」

「ハイ……すみません。あたし、頭悪くて」

「いや。僕《ぼく》の説明はあまりわかりやすくないらしい。前の学校で友人に『バカにするな、もっとわかるように言え』と怒《おこ》られたことがある。……意図したわけじゃないのに怒られてもどうしようもないんだが」

溜息《ためいき》をつく燿一郎を見て、果林は共感を覚えた。

「わ、わかりますっ。あたしもよくお兄ちゃんから『妹に迷惑《めいわく》をかけるな』って怒られて……あたしだってわざとじゃないのに、自分でちゃんとできるならそうしたいのにって思うと、つらくて泣きたくなっちゃうっていうか……！」

頭がよすぎて説明不足になり怒られたという燿一郎と、落ちこぼれの力量不足で怒られた自分では方向が正反対だが、意図してではない行動を怒られた点は一致《いっち》している。

急に叫んだ果林に燿一郎がちょっと驚《おどろ》いたように目を瞠《みは》り、そのあと、瞳《ひとみ》を笑わせた。

「泣きたくなる、か。……君はいい子だな」

果林の心臓《しんぞう》がとくんと鳴った。

(あっ……うわ、十文字さんて、笑ったらほんとに王子様って感じ……)

端正《たんせい》な顔だとは思っていたが、傍若無人《ぼうじゃくぶじん》な王様ぶりが先に目についていたから、こんなふうにときめいたのは初めてだ。

(頭もいいし、親切に宿題教えてくれて……あたし、こんなカッコイイ人から付き合ってくれって言われちゃってるんだ)

初めて実感が湧《わ》いてきて、果林はそっと燿一郎の顔を盗《ぬす》み見た。

「僕の場合は『ニホンザル並《な》みの理解《りかい》力を身に付けてから来い』と言い返したから、本式《ほんしき》の喧嘩になった」

それは相手が怒って当たり前、と心の中で突《つ》っ込《こ》んだのは果林一人ではないだろう。

「とにかくわからないときは実際《じっさい》にグラフを描《か》いてみるといい。そのうち頭の中でグラフのイメージが作れるようになる。そうなればすぐに解ける」

「ほんとですか」

「前の学校の授業の受け売りだ。僕はすぐ答えがわかるのでグラフまでは描かないから、本当かどうかは知らない。次、問2」

はずんだ声を出した果林に、しれっとした返事をして燿一郎はさらに説明を続けた。自慢《じまん》したいとか馬鹿《ばか》にしてやろうとかではなく、本人としては単に事実を述《の》べているだけらしい。

よどみない説明を必死で書き写しながら、ちらっと果林は思った。

(困《こま》ったところはあるけど……悪い人じゃないよね。高飛車だけど、親切だもの。うん)

でなければこうも丁寧《ていねい》に教えてはくれないだろう。

そのまま宿題を教わっていたら、黒板の上に取り付けたスピーカーが校内呼《よ》び出しのチャイムを響《ひび》かせた。

『三年A組、十文字燿一郎君。職員室《しょくいんしつ》に来てください。繰り返します、三年A組、十文字君。職員室へ……』

心配になって果林は尋《たず》ねた。

「な、何かあったんですか？」

「三時間目の英語教師《きょうし》に、発音が悪いと言った件《けん》かな。そのくらいしか思いつかない」

軽く肩《かた》をすくめたものの、まったく気に病《や》んでいない表情《ひょうじょう》で燿一郎は立ち上がった。

「じゃ、放課後にまた来る」

「えっ！　あ、あの、今日はあたしバイトがあって早く帰らないと。ごめんなさい」

「そうか。先約があるなら仕方がないね」

「それからごめんなさい。あのお花、教室には置いておけないから先生に渡《わた》して職員室に持っていってもらったんです。……せっかくくれたのに、すみません！」

朝もらった時は、嬉《うれ》しいよりも「こんな大荷物、どうしよう」という困惑《こんわく》の方が大きかったが、こうして宿題を教わったりしてしまうと、せっかくプレゼントしてくれた燿一郎に対してとても悪いことをした気分になる。果林は体を直角に折って頭を下げた。

「いや、僕が浅慮《せんりょ》だった。これからは自宅宛《じたくあて》に送るよ。じゃ、また明日」

燿一郎が戸口へ向き直った時、タイミングの悪いことに雨水健太が教室へ戻《もど》ってきた。

「う……」

「！」

お互《たが》いを認《みと》めて二人の足が一瞬《いっしゅん》止まった。

燿一郎がふっと薄笑《うすわら》いを浮《う》かべた。『人の気を悪くする方法』という講座《こうざ》があれば、講師に呼ばれるに違《ちが》いない、優越《ゆうえつ》感をにじませた微笑《びしょう》だった。

「失礼」

笑いを含《ふく》んだ声で言い捨《す》てて健太の横をすり抜《ぬ》け、燿一郎は出ていった。

健太はむっとした表情《ひょうじょう》で燿一郎を見送ったが、大股《おおまた》に自分の席へ歩き、乱暴《らんぼう》に椅子《いす》を引いて腰《こし》を下ろした。果林には目を向けない。

クラス中が果林と健太を見比《みくら》べてひそひそと囁《ささや》き合った。「恋敵《こいがたき》」「妬《や》いてる」「三角関係」などの単語が耳に突き刺《さ》さってくる。

（あぁ、違うのに……）

果林は両手で頭を抱《かか》えて突っ伏《ぷ》した。

「じゃあ麻希、また明日ね」

「バイバイ果林。バイトがんばって」

放課後のHRが終わった。部活がある麻希と別れて、果林は鞄《かばん》を手に教室を出た。今日はファミリーレストラン『ジュリアン』へアルバイトに行く日だ。

激《はげ》しかった雨も昼からは徐々《じょじょ》に勢《いきお》いを弱め、もうほとんど止《や》みかけている。

(そうだ、おトイレ行っとこう。ジュリアンはスタッフ用のトイレが一つしかないから、人が入れ替《か》わる時間帯は混むもの)

用足しをすませた果林は、手を洗《あら》ったついでに鏡で髪《かみ》や制服《せいふく》の具合を確《たし》かめた。以前、六時間目の体育が終わったあとでジュリアンに行ったら、ファスナーが開いていると同僚《どうりょう》に指摘《してき》されたことがある。顔から火を噴《ふ》くほど恥《は》ずかしかった。

(……髪《かみ》は跳《は》ねてない、服も大丈夫《だいじょうぶ》、と)

鏡で確認《かくにん》してトイレを出ようと思った時、廊下《ろうか》を人声が近づいてきた。

「あっ」

入ってきたのは知花と亜沙子だった。

思いがけない場所で出くわして、二人も驚いたらしい。しかしすぐに険悪《けんあく》な表情で詰《つ》め寄ってきた。

「果林。ちょうどいいわ、話があるの」

「あ、あの……ごめん、あたし急ぐから」

「デートなわけ？　追試が気になるとか言ってたわりに、余裕《よゆう》じゃん」

「ち、違うの。バイトで……」

「どんなバイトなんだか。知花、ちょっとつかまえといて。あたし先輩《せんぱい》達呼んでくる」

「うん。果林、あんたに文句《もんく》言いたいのはあたし達だけじゃないのよ。みんな怒《おこ》ってるんだからね。援助交際《エンコー》なんかして、一高の恥《はじ》だって」

「ち、違うってば！」

「言い訳《わけ》しないで！　この抱《だ》き付き魔《ま》!!」

麻希にどなられて一度は矛先《ほこさき》を収《おさ》めたものの、心底から納得《なっとく》したわけではなかったから、果林の姿《すがた》を見て怒《いか》りが甦《よみがえ》ったらしい。

亜沙子はすぐに六、七人の上級生を連れて戻ってきた。トイレの手洗い場が女生徒でいっぱいになり、果林は一番奥《おく》に追いやられた。

「あんたさぁ、援助交際してるんだって？」

「昨日みんなにばれたってのに、よく平気な顔で出て来れるよね。もう学校やめなよ」

「そうそう。マスコミにばれたら『一高の女生徒』ってひとまとめにされて、みんなが迷惑《めいわく》するんだから」

非難《ひなん》の声がタイルの床《ゆか》に反響《はんきょう》した。

一年生らしい女子がトイレに入ってこようとしたが、中の様子を見るなり慌《あわ》てて回れ右で出ていってしまった。

不穏《ふおん》な表情の女生徒達に取り巻《ま》かれて詰め寄られ、足が震《ふる》える。それでも果林は必死に弁解《べんかい》した。

「ち、違う、それは誤解《ごかい》で……！　た、確かに十文字さんに抱き付いたけど、あれは……蛇《へび》がいて——と嘘《うそ》の言い訳を口に出す前に、女生徒達からブーイングの声が上がった。

「自分から抱き付いたんだって。図々しいったらないわね」

「十文字さんなんて親しそうに呼んじゃって。生意気。同じクラスのあたし達でもまだほとんど話してないのに」

「もらった花は先生に渡《わた》しちゃうし、昼休みは教室に呼《よ》びつけて宿題をやらせたって？　何様のつもりよ、あんた」

「身の程《ほど》知らず。釣《つ》り合うかどうか、そこの鏡を見なさい」

「色仕《いろじ》掛《か》けでたらし込んだのね。いやらしい」

「チビ。ブス。ドスケベ！」

激しく罵《ののし》ってくる。

もともと、女生徒達が果林を責《せ》める原因《げんいん》は燿一郎のことにからんでの嫉妬《しっと》だ。援助交際疑惑《ぎわく》はそれを隠《かく》す言い訳にすぎない。

本音が表に噴《ふ》き出したことで遠慮《えんりょ》も何もなくなったのか、嫉妬と憎悪《ぞうお》をむき出しにして詰め寄ってきた。集団《しゅうだん》心理で抑制《よくせい》が利《き》かなくなっているようだ。

怖《こわ》くなった果林は、女生徒達の間をすり抜けて逃《に》げ出そうとした。

「待ちなさい、話は終わってないんだから！」

肩《かた》をつかまれた。

「痛《いた》い、離《はな》して……きゃっ⁉」

びっ、と糸の切れる音が響《ひび》いた。

引き戻そうとする力と逃げ出そうとした勢いの間で、ブラウスの袖付《そでつ》けが大きく裂《さ》ける。

「やだ、やめてっ！」

「あんたが逃げるからでしょ！　一年のくせに生意気なのよ、この……」

果林の服をつかんだ上級生が、さらに言いつのろうとする。

だがその時突然《とつぜん》、非常《ひじょう》ベルの大音響が鳴り響いた。

「な、なに⁉　火事⁉」

「ヤバイよ！」

皆《みんな》が顔を見合わせた。

音源《おんげん》はすぐ近くだ。誰《だれ》かが廊下にある火災報知器《かさいほうちき》のボタンを押《お》したらしい。

ベルはけたたましく鳴り続ける。本当の火事か悪戯《いたずら》かはわからないが、すぐ教師《きょうし》が様子を見に来るだろう。

「あ、あんまりいい気になってるんじゃないわよ！」

捨《す》て台詞《ぜりふ》を投げて、果林に詰め寄っていた女生徒達は走り出ていった。

「……」

果林は少しの間放心していたが、やがて我《われ》に返って自分もトイレを出ようとした。

（怖かったぁ……みんな、目の色が変わってるんだもん。誰かが報知器を鳴らしてくれたおかげで、助かった……）

廊下に出たら、「あ」という短い呟《つぶや》きが聞こえた。振《ふ》り向くと、雨水健太が柱の陰《かげ》に長身を押し込めるようにして、女子トイレの出入り口を見守っていた。果林を認《みと》めて明らかにほっとした表情《ひょうじょう》になり、廊下の真ん中に出てくる。

「大丈夫《だいじょうぶ》か？　やっぱり真紅だったんだな。そこのトイレに入ったら、壁越《かべご》しにみんなの吊《つる》し上げる声が聞こえてきたんだ」

「じゃ、あれは雨水君が……」

果林は健太を見上げた。感謝《かんしゃ》の念で胸《むね》の内があたたかくなった。張《は》りつめていた気がゆるみ、安心感で瞳《ひとみ》がうるむ。健太がどぎまぎしたように視線《しせん》を逸《そ》らし、頬《ほお》を掻《か》いた。

女子トイレから壁一枚《まい》を隔《へだ》てた隣《となり》が男子トイレだ。女生徒達のわめき散らす声が聞こえたのも不思議はない。かといって健太が女子トイレへ止めに入るわけにもいかず、機転を利《き》かせて報知器のボタンを押してくれたのだろう。

「ああ。無事でよかった。でもここにいたら先生が……」

言いかけた健太の声が急に途切《とぎ》れた。視線は果林の左肩に吸《す》い付いていた。

ハッとして果林は自分の肩口を見た。ブラウスの身頃《みごろ》と袖の間が大きく裂けて、ブラジャーのストラップが覗《のぞ》いている。

「……きゃあああああ！　やだ、見ないで!!」

「あっ、おい、真紅！」

果林は悲鳴をあげて逃げ出した。

（いやぁああ、ブラが出てる！　雨水君に見られたー!!）

冷静に考えれば、肩ぐらいはノースリーブを着れば普通《ふつう》に見えてしまうのだが、そこまで頭が回らない。

ただただ恥《は》ずかしくて、顔を上げることもできずに果林は廊下《ろうか》を突《つ》っ走った。

「うわ!?」

「きゃあ！」

前を見ないまま全力疾走《しっそう》して人にぶつからない方がおかしい。誰かに突き当たった果林は後ろへ転んで尻餅《しりもち》をついた。

「いったぁ……」

「果林じゃないか」

ぶつかった相手の声を聞いて、果林は硬直《こうちょく》した。十文字燿一郎だ。

「どうしたんだ？……その、制服《せいふく》は？」

果林の腕《うで》に手をかけて引き起こそうとした燿一郎の声が、急にこわばる。肩口の破《やぶ》れに気づいたらしい。

(ひぇ！)

恥ずかしさで全身が熱くなる。

跳《は》ね起きて逃げ出そうとしたが、脚《あし》がもつれて立てず、もう一度尻餅をついた。

「何があったんだ？」

言いながら燿一郎は真っ白な大判《おおばん》ハンカチを出して、スカーフのように果林の肩にかぶせ、手を貸《か》して立ち上がらせた。

「あ、ありがと」

素肌《すはだ》とブラジャーのストラップが隠れて、果林は少し落ち着いた。制服をはたく。

しかしその安堵《あんど》も長くは続かなかった。

耀一郎が果林の背後《はいご》に目をやって、冷ややかな声を出したからだ。

「雨水。こんな恥知らずな真似《まね》をする奴《やつ》だとは思わなかったぞ」

ぎくっとして果林は振り返った。

雨水健太が自分のあとを追ってきていた。急に走ったせいだろう、息が荒《あら》くなり顔は紅潮《こうちょう》している。ブラウスの破れた状態《じょうたい》で必死に駆けてきた果林とワンセットで見たなら、誤解《ごかい》を招《まね》くに違《ちが》いない姿《すがた》だ。

健太もそれに気づいたらしい。「何のこと……」と言いかけて、狼狽《ろうばい》しきった表情に変わった。

「ち、違う！　俺《おれ》は何もしてない!!」

「何もしなくて服が破れるか。昨日は人をセクハラだと非難《ひなん》したくせにどういう了見《りようけん》だ。果林を僕に取られると思って焦《あせ》ったのか？　襲《おそ》って力ずくでものにしようなんて、卑劣《ひれつ》にもほどがある」

「違うって言ってるだろー!!　俺は襲ってなんか……」

絶叫《ぜっきょう》を聞きつけたのか、曲がり角の向こうから生徒がこちらを覗《のぞ》いた。果林と健太、耀一郎の三人しかいなかった廊下に、人が集まってくる。

「いない、ってのに……」

増《ふ》える野次馬《やじうま》を見て健太が言葉を途切《とぎ》れさせた。

「じ、十文字さん、あの、これはっ……」

果林は誤解を解《と》こうと口を開きかけたが、燿一郎はこの話は終わったとばかりに健太に背《せ》を向け、果林の言葉を遮《さえぎ》って言った。

「ひどい目に遭《あ》ったな。車で送ろう」

それは助かる——と、つい思ってしまった。

バイトに行く前に大急ぎで家に戻《もど》って着替《きが》えないと、この格好《かっこう》ではみっともない。しかし人気のない自然公園は例の誘拐が怖《こわ》くて通れないし、破れたブラウスの肩口《かたぐち》にハンカチをかぶせてもらったとはいえ、人通りの多い道を遠回りして帰るのは恥ずかしい。

ほっとして力の抜《ぬ》けた肩に手がかかる。

「おいで」

「え？　あ……」

説明する間はなかった。果林の肩を抱《かか》えるようにして燿一郎が歩き出す。

(雨水君……どうしよう、誤解させちゃった……)

燿一郎の歩調に合わせて小走りになりながら、果林は肩越《ご》しに振り返った。だが人垣《ひとがき》が邪魔《じゃま》になって、健太の姿は見えなかった。

3　増血鬼《ぞうけつき》は不安でいっぱい

校門の前には銀白色のベンツが停《と》まっていた。燿一郎《よういちろう》が門外に出ると、運転手が素早《すばや》く車外に出て、後部座席《ざせき》のドアを開けた。

燿一郎は片手《かたて》の動作で果林《かりん》に奥《おく》を譲《ゆず》り、あとから乗り込《こ》んだ。

「中岡《なかおか》、先に彼女を家へ送る。……どこだった？　アルバイト先の方がいいのかな」

「いえ、一度家へ戻って着替えたいから……西区の方です。近くまででいいです」

家の前にベンツを乗り付けたりしたら、きっと母が「なぜ人間に家を教えた」と言って激怒《げきど》する。いや、多分その前に、人間を迷《まよ》わせて近づけないための罠《わな》に引っかかって、家にたどり着けない。

いつ発進したのかわからないほどのなめらかさで車は走り出した。窓《まど》の外に視線《しせん》を逸《そ》らして燿一郎が尋《たず》ねた。

「怪我《けが》はないんだろう？　いくらあいつが逆上《ぎゃくじょう》しても、そこまではしないと思うんだが」

「違《ちが》うんです。これ、雨水《うすい》君じゃなくて」

果林は急いで説明した。

「他《ほか》の女の子に引っ張《ぱ》られて裂《さ》けちゃって……雨水君は何もしてません。っていうより助けてくれたの」

「じゃあなぜ君は逃《に》げていたんだ」

「そ、それは……だって、こんな格好《かっこう》見られたから、恥《は》ずかしくて……」

果林はうつむいた。燿一郎があっけに取られたように目を瞬《しばた》いた。

「僕《ぼく》の早合点《はやがてん》か。明日雨水に謝《あやま》らなきゃいけないな」

「ごめんなさい。言おうとしたんだけど……」

「君のせいじゃない。僕のよくない癖《くせ》だ、人の話を最後まで聞かない」

自覚があるのかと驚《おどろ》いたのが表情《ひょうじょう》に出たらしい。燿一郎は気まずそうな顔で横を向いた。

「知っているよ、自分の欠点は。父にもよく言われていたから」

「言われていた？」

過去形《かこ》が引っかかって問い返した。

燿一郎の視線が迷うように窓の外と果林を揺《ゆ》れ動き、やがて果林で止まった。

「もっと親しくなってから頼《たの》もうと思っていたけれど、そうだな。早い方がいい」

「？」

「父は今、入院中なんだ。二ヶ月前、交通事故《じこ》で……十文字《じゅうもんじ》グループ会長事故死の誤報《ごほう》が流れたくらいの重傷《じゅうしょう》で、大きくニュースにもなったから覚えているんじゃないかな」

新聞か何かに出ていたような気もするが、自分とは無関係な財界人《ざいかいじん》のことだったので関心は薄《うす》く、はっきりとは思い出せない。しかし「そんなの知らない」とは言えず、果林は曖昧《あいまい》な笑《え》みを作って尋ねた。

「だけど、あの……入院中なら、命は助かったんですよね」

「頭を打って、ずっと昏睡状態《こんすいじょうたい》だけどね」

「……」

「会長なんて言ったら老人がお飾《かざ》りで就《つ》く役職《やくしょく》のようだけれど、父の場合は違う。祖父《そふ》が脳梗《のうこう》塞《そく》で急死してあとを継《つ》いだから、まだ五十にもなってない。現役《げんえき》で働いていたんだ、十文字グループの要《かなめ》なんだ。父がいないとグループはうまく動かない」

「でも親戚《しんせき》の人とか、いらっしゃるでしょ？」

「叔父《おじ》が一人いるけれど、あれは父の絞《しぼ》りかすみたいな男だ。会社経営《けいえい》に対する情熱もなければ適正《てきせい》な判断力《はんだんりょく》もない。インスピレーションもない。そのくせ大物面《づら》だけはしたいんだ。……僕が未成年なのをいいことに、保護者《ほごしゃ》気取りで屋敷《やしき》に入り込んできた。法律《ほうりつ》があいつの味方をするんでなければ、叩《たた》き出してやりたい」

辛辣《しんらつ》な物言いに引きつりながら、果林はどうにか相槌《あいづち》を打った。

「……えっと、その、それは……大変です、ね。お母様もさぞ困《こま》って……」

「母は父が事故に遭《あ》う少し前からヨーロッパ旅行に出かけている。もともと夫婦《ふうふ》仲がよくなくて、家庭内離婚《りこん》状態だったんだ。どこでどうしているのか連絡《れんらく》が取れない。だからこそ叔父が家に乗り込んできたんだけど」

重い話への相槌が次々出てくるほど世慣《よな》れてはいない。果林は黙《だま》り込んだ。燿一郎は自分の考えを確認《かくにん》するかのように、一人で喋《しゃべ》り続ける。

「日本の医療技術《いりょうぎじゅつ》は世界でもトップクラスだ。最高の医師団《いしだん》が治療を続けているのに、父の意《い》識《しき》は戻《もど》らない。僕は一人っ子だし、相談する相手もいなくて……もう神頼みくらいしかないんだよ、できることは」

そうか、と果林は心の中で納得《なっとく》した。

両親の不仲で崩壊寸前《ほうかいすんぜん》の家庭と、追い打ちをかけるように事故に遭い、回復《かいふく》が望めない父親の病状――これが燿一郎の抱《かか》える『不幸』だったのだ。

自分の家庭が思い出される。父は母の尻《しり》に敷《し》かれているけれどそれなりに仲がいいし、果林のことを一族の恥《はじ》だとか落ちこぼれだとか言いながらも、危険《きけん》が迫《せま》れば家族会議で頭を突き合わせて対策《たいさく》を練ってくれる。

だが十文字燿一郎には、相談する相手さえいないという。

(お父さんは入院中でお母さんとは連絡が取れないなんて、つらいだろうな。十文字さん、可《か》哀想《わいそう》……ひ!?)

そう思った瞬間《しゅんかん》、血がざわめいた。

心臓《しんぞう》が早鐘《はやがね》を打ち始める。血液《けつえき》がすごい勢《いきお》いで体中を駆《か》けめぐり、血管を破《やぶ》りそうだ。体温が上がっていくのが肌《はだ》でわかる。

血が、増《ふ》えている。

(来ちゃった⁉……やだっ、いくら不幸な人のそばにいるからって、こんなシリアスな話を聞いてる時に！　これじゃまるであたし、ゴシップに群《むら》がるハゲタカ芸能《げいのう》記者じゃない‼)

果林は必死に、噛《か》みついて血を送り込みたい衝動《しょうどう》を抑《おさ》えた。

「……果林」

「は、はいぃっ⁉」

急に強い口調で名を呼《よ》ばれ、果林はびくっとした。

「以前、君が僕に抱《だ》き付いた時のことを覚えているかい？」

果林は深く深くうつむいた。

(うわぁん、恥ずかしい……そんなこと改めて口に出さないでよぉ)

返事などできない。

「蛇《へび》がいたと言ってたね。僕はなぜかあの時のことを曖昧《あいまい》にしか覚えていないんだ。……でも、きっかけなんかどうでもいい」

燿一郎は過去《かこ》を思い返す口調で語り始める。

「あの後一ヶ月くらい、僕にはいいことばかりが続いた。喧嘩《けんか》した友人と仲直りができたり、両親の仲が凍《こお》り付きそうに冷たくなっていた時期だったのに、知人の園遊会に僕と三人で出かけるのを承諾《しょうだく》してもらえたりね。あの時期は不思議と人に頼みを聞いてもらえたし、断《ことわ》られてもなぜか腹《はら》が立たなくて、何度でも根気よく説得できたよ。とにかく、あの一ヶ月は普通《ふつう》じゃなかった」

「……」

「こんなことを言ったからって笑わないでほしい。僕は、君がレディラック——幸運の女神《めがみ》なんじゃないかと思った」

「そ、そんな！　あたしそんな、大層《たいそう》なものじゃないです!!」

果林は激《はげ》しくうろたえ、両手を振《ふ》って否定《ひてい》した。

幸運の女神だなんて、実体とかけ離《はな》れすぎている。自分は吸血鬼《きゅうけつき》一族、それも落ちこぼれで異常体質《いじょうたいしつ》の増血鬼《ぞうけつき》なのに。

しかし燿一郎は果林の否定など聞いてもいない顔で言葉を続けた。

「偶然《ぐうぜん》かも知れないのは、わかってる。でもよかったら……もう一度あの時みたいに抱きしめてくれないか？」

「えええええーっ！」

果林は絶叫《ぜっきょう》し、座席《ざせき》の端《はし》っこに張《は》り付いた。燿一郎と運転席をおたおたと見比《みくら》べる。

体を起こしかけていた燿一郎が、果林のうろたえぶりを見て距離《きょり》を詰《つ》めない方がいいと思ったらしく、またシートにもたれた。

「そこまで驚《おどろ》かなくても……」

「だ、だだだ、だって、あの、ひ、人前でそういう、だ、大胆《だいたん》なことを口に出すのはどうかと っ……!!」

「中岡はもう二十年以上も十文字家の運転手をしている。後部座席の会話を聞かない、様子を見ない程度《ていど》の修練は積んでいるよ。それに執事《しつじ》の佐々木《ささき》と並《なら》んで、僕が一番信用している人間だ。気にしなくていい」

「じ、十文字さんはよくても……」

自分は気になるのだと、果林は頭を抱《かか》えた。

(どうしよう、運転手さんのすぐ後ろでそんなことできないよー。第一あれは抱き付いたんじゃなくて、喉《のど》を噛んで血を送り込んだのに)

——そう、あの時自分は喉に牙《きば》を突《つ》き立て、血を送り込んだ。今自分の目の前にいる燿一郎の喉に。

(男の人にしちゃ色白だよね、しみもほくろも吹《ふ》き出物もなくて、綺麗《きれい》な喉。あのあたりが頸動脈《けいどうみゃく》の位置で……んぐっ⁉)

つい考えてしまったのが悪かった。抑《おさ》え込んだはずの血がまた騒《さわ》ぎ出す。心臓がドキドキして体温が上がる。

（ヤバイっ！　お兄ちゃんは「恋人同士《こいびと》なら噛《か》みつくらい当たり前」とか言ってたけど、そんな仲じゃないし、運転手さんがいるんだもの。絶対ヘンに思われる！）

こんなに急では杏樹《あんじゅ》を呼んでも間に合わない。第一、呼びようがない。突然《とつぜん》に携帯《けいたい》電話を出してメールを打つのは、いくら何でも不自然だ。

（あうぅ……どうしよう。本気で、本気にヤバイ。来ちゃいそう）

両手で頭を抱えて深くうつむいたまま果林は唸《うな》り続けた。と、

「——悪かった」

燿一郎の呟《つぶや》きが聞こえた。

「好きでも何でもない相手に抱き付けなんて言っても無理だな。……君がその気になってくれるまで待つよ」

いつもの傍若無人《ぼうじゃくぶじん》さにはそぐわない、どこか寂《さび》しげな声音《こわね》だった。端正《たんせい》な顔にも、翳《かげ》りめいたものがにじんでいる。

果林は慌《あわ》てて両手と首を振り、部分的に否定した。

「いえ、あの、あたし、別に十文字さんのこと嫌《きら》いなわけじゃないんです！」

嫌いではない、と思う。

人の話を聞かないところとか人目を気にしないあたりがちょっと困《こま》るが、基本《きほん》的には悪い人ではないと思っている。外見は極上の王子様だし、こんな男の子から「君が必要」などと言わ

れて悪い気がする女の子はいない。

「ただ、その、いきなり言われても、心の準備《じゅんび》が……」

言いかけて果林は大きく目を瞠《みは》った。燿一郎の言葉の裏側《うらがわ》に気がついたせいだった。

「あれ？　それって、十文字さんが必要なのは幸運だけってこと？」

燿一郎は顔を一瞬《いっしゅん》こわばらせてから目を伏《ふ》せた。図星を指された、という表情《ひょうじょう》に見えた。

果林の口から独《ひと》り言がこぼれた。

「……なんだ、そうだったんだ。何か変だと思ってた。十文字さんみたいな王子様が、あたしを好きになるのはおかしいって」

皮肉のつもりはない。

（お兄ちゃんも杏樹も、亜沙子《あさこ》達も言ってたもんね。……そういうことか）

自分でも好かれる理由がわからなかった。だからむしろ、謎《なぞ》が解《と》けてすっきりした気さえする。とはいうものの、ちょっと物寂しくなったのはどうしようもない。

なぜか雨水健太《けんた》の顔が脳裏《のうり》をよぎった。ドジで迷惑《めいわく》をかけてばかりの自分を、いつもかばって助けてくれる健太の、三白眼《さんぱくがん》の顔——照れ隠《かく》しのような仏頂面《ぶっちょうづら》が。

急に目の奥《おく》が熱くなった。

（あ、あれ？　やだ……何で？　どうして、雨水君の顔を思い出した途端《とたん》に、こんな……）

泣いてしまいそうだ。果林は横を向いて何度も瞬《まばた》きし、それでも抑《おさ》えきれずにあふれた涙《なみだ》を指先で拭《ぬぐ》った。

　その仕草にうろたえたらしい。

「待ってくれ、それは違《ちが》う。そこまで利益一辺倒《りえきいっぺんとう》に考えたわけじゃないんだ」

　燿一郎が慌てた口調で言い、果林の手をつかんだ。

「確《たし》かに君を捜《さが》させたきっかけは、幸運の女神と思ったからだ。でも……ほら、下世話な言葉に一目惚《ひとめぼ》れというのがあるだろう？　あれだって、容貌《ようぼう》やちょっとした言葉がきっかけで恋に落ちるわけで……僕の場合それは、君がもたらしてくれた幸運だったんだ」

「……」

「僕は君を大事にするよ。多分、君が出会うどんな相手よりも幸せにできる。プレゼント、デート、旅行、どんなものでも与《あた》えられる。君は可愛《かわい》いし、話していい子なのもわかった。決して幸運だけが目当てじゃない」

　一生懸命《いっしょうけんめい》に説得しようとして早口になっている。純粋《じゅんすい》な恋愛《れんあい》感情ではないことを燿一郎自身もわかっていて、だからこそ代償《だいしょう》に優《やさ》しい約束を与えようとするのだろうか。それでもその声には真剣《しんけん》な響《ひび》きがあった。

　気圧《けお》されて、手を振《ふ》りほどくことも忘《わす》れたまま果林は呟いた。

「あたしがこの前みたいにしたって、お父さんが治るかどうかは……」

「わかってる。わかってるんだ、あの幸運がすべて偶然《ぐうぜん》かも知れないことは。だけどもう他《ほか》に、頼《たよ》れるものがない。半月前から十人以上に当たってやっと君を見つけた。……頼《たの》む。君が僕のレディラックなんだ」

燿一郎が、上体を大きくひねって顔を覗《のぞ》き込《こ》んでくる。果林の手が痛《いた》くなるほど、指に力がこもる。

(ど、どうしよう……)

つかまれた右手が痛い、いや熱い。顔も熱い。全身が、熱い。

どくっ、と胸《むね》が高鳴った。

眩暈《めまい》がしそうなほど端麗《たんれい》な燿一郎の顔が間近にある。そしてその喉笛も、自分の唇《くちびる》から三十センチと離《はな》れない距離《きょり》に——。

(だ、だめっ! こんなに接近《せっきん》されたら、また血が騒《さわ》ぎ出しちゃう……!!)

そう思う一方で、頭の芯《しん》は本能《ほんのう》のままに獲物《えもの》を求める。吐息《といき》が甘《あま》く熱を帯び、心臓《しんぞう》が激《はげ》しく高鳴る。このまま抱《だ》きしめて首に牙《きば》を突《つ》き立てたら、どんなに心地《ここち》よいか。

(嚙み、たい……)

目が眩《くら》む。しびれる頭の中を、過去《かこ》に味わった供血時《きょうけつじ》の快感《かいかん》がくるくる回る。

——その時、車が急ブレーキを踏《ふ》んだ。

「きゃあん!?」

何の備《そな》えもなかった果林は、前のシートに頭を強打した。それも昨日タンコブを作ったばかりの場所だ。効《き》いた。

「うぐ……」

膝《ひざ》に突《つ》っ伏して両手でコブを押《お》さえる。

「大丈夫《だいじょうぶ》か⁉……中岡、何をしている！」

シートに手をついて体を支《ささ》えた耀一郎が、運転手にどなった。

「す、すみません。何か、鳥みたいなものが急にフロントガラスの前を横切って……あの、西区に入りましたが、これからどう致《いた》しましょうか」

頭を押さえて体を起こした果林は窓《まど》の外に目をやり、古ぼけたバス停の標識《ひょうしき》を認《みと》めた。家はもう近い。

「あ、もうここで降《お》ります！　家まですぐですから‼」

「玄関《げんかん》先まで送るよ？」

「いえっ。ママに叱《しか》られちゃうので……」

「そうか、それじゃ」

このあたりの道を通る車はめったにいない。運転手は車外へ出て果林が座《すわ》っている左側のドアを開けてくれた。耀一郎もわざわざ車を降りた。

「ありがとう。ハンカチは明日まで貸《か》しておいてください」

「気にしなくていいよ。それよりさっきの件《けん》だけど……僕《ぼく》は君を必要としているし、誰《だれ》よりも君を大事にできる。このことに嘘《うそ》はないつもりだ」

果林は黙《だま》ってうつむいた。

「無理押しはしない。君が自分からそうしたいと思ってくれるまで待つから」

考えてみてくれ、と言い置いて燿一郎は再《ふたた》び後部座《ざ》席《せき》に乗り込んだ。

近くの空き地に入ってUターンしたベンツが遠ざかるのを見送り、果林はほっと小さく溜息《ためいき》をこぼした。

(危《あぶ》なかった……本気で噛《か》んじゃうところだった)

腕《うで》時計を見て、急ぎ足で歩き出す。家に帰って私服《しふく》に着替《きが》えたとして、バイトにはぎりぎりで間に合う。

アスファルト道路の水たまりをよけて歩きながら、果林は大きく息を吐《つ》いた。

(十文字さんはそういう理由であたしに付き合ってくれって言ったのかぁ。……侘《わび》しいけど、納得《なっとく》)

おかしいと思ったのだ。

他のクラスメートに対しては「野次馬《やじうま》」の一言で切り捨《す》ててしまう高貴《こうき》なお坊《ぼっ》ちゃまが、なぜ自分を——とは思っていた。

『君は可愛いし、いい子だ。決して幸運だけが目当てじゃない』

真剣な眼《め》でそう言ってくれた。でも真剣な色が濃《こ》ければ濃いだけ、後ろめたさを隠《かく》そうとしているようにも見えた。

以前抱き付いたあとに起こった幸運を自覚していなければ——そして、父の事故《じこ》という不幸がなければ、燿一郎は自分を捜《さが》さなかったのではないだろうか。

（それは、できるなら助けてあげたいとこだけど、でもあたしが噛んだからって十文字さんのお父さんが回復《かいふく》するとは思えないなぁ。お兄ちゃんも、ストレスの原因《げんいん》までは消せないって言ってたし……）

兄の煉《れん》はストレスがたまっている人間を好み、その血と共にストレスをも吸《す》い取る。ただし吸血《きゅうけつ》の効力《こうりょく》は本人にしか及《およ》ばない。ストレスを吸収《きゅうしゅう》はしても、その原因——通勤《つうきん》ラッシュや苦手な仕事、あるいは姑《しゅうとめ》、上司など——を排除《はいじょ》するわけではない。

果林の場合は不幸な要素《ようそ》を持つ人間に惹《ひ》きつけられ、増血《ぞうけつ》して噛みつきたくなる。しかし仮《かり》に燿一郎に血を送り込んだとしても、彼の父親が昏睡状態《こんすいじょうたい》から覚めるとは思えなかった。

（もう他に頼るものがないってくらいに思い詰《つ》めて、あたしを捜させた十文字さんには悪いけど……ちょっと待って、『捜させた』？）

なぜともなしに背筋《せすじ》が冷えた。果林は車中で聞いた言葉を思い返した。

燿一郎は確《たし》かに『捜させた』と言った。『半月前から十人以上に当たった』とも言っていた。

彼が転入してきたのは昨日だ。

（その前から行動を始めてたってこと？　捜させたって言う以上、人を使ったのよね。でも半月もかけてたった十人やそこらの人数だったのはなぜ？　学校へ人をやって大っぴらに調べさせたなら、その程度《ていど》のはずはないわ）

悪寒《おかん》に背中を押され、果林はいつのまにか走り出していた。

（例の自然公園の誘拐《ゆうかい》……あたしが学校を休んだ間、つまり二週間くらい前に始まったんじゃなかった？　それも狙《ねら》われるのは一高の女子だけ。福《ふく》ちゃんはわかってるだけで七、八人が被《ひ》害《がい》に遭《あ》ったって言ってた。黙《だま》ってる子も含《ふく》めたらもっと多いはず、つまり十人以上になるんじゃ……それに、誘拐されてエッチされた女の子の鞄《かばん》には十万円が入ってるって……）

符合《ふごう》する。

燿一郎が誰かに命じて誘拐させていたのなら、何もかもが符合する。

富豪《ふごう》の御曹司《おんぞうし》である彼なら人を使って誘拐させることもできるだろうし、被害者の口止め料に十万円を与《あた》えるくらい痛《いた》くも痒《かゆ》くもないだろう。

（でも……でもおかしいよ！　十文字さん、あたしにはすごく紳士《しんし》的だもの！　女の子を薬で眠《ねむ》らせて悪戯《いたずら》するような人じゃない!!）

昨日学校の廊下《ろうか》でいきなり抱きしめてはきたが、それも果林が燿一郎を好きなのだと思いこんでいたためだった。もがいたらすぐに手をゆるめてくれた。

果林に乱暴《らんぼう》したと誤解《ごかい》して雨水健太をなじった時も、視線《しせん》を向けられたものが凍《こお》りつきそうな眼をしていた。あの冷たい侮蔑が芝居とは思えない。本人が女生徒に悪戯をしていたなら、あんなふうに怒《おこ》ったりできるはずはない。

だがそれ以外はすべて符合する。

（いやだ、そんなの……わかんない、わかんないよ！）

誰かに相談しなくては。こんな重い疑惑《ぎわく》を一人で抱《かか》え込んではいられない。

家に着いた果林はドアを叩《たた》きつける勢《いきお》いで開き、中に飛びこんだ。靴《くつ》をスリッパに履《は》き替えるのももどかしい。

「ただいま！　ママ……ママーっ！」

「まだ寝《ね》てるよ」

叫《さけ》んだ声に答えたのは、妹だった。

「杏樹っ……いたぁ！」

振《ふ》り返った拍子《ひょうし》に柱の出っ張《ぱ》りに顔をぶつけ、果林は鼻を押さえて悲鳴をあげた。窓《まど》という窓は厚《あつ》いカーテンを閉《し》め切っているので、家の中は昼でも暗い。

「よほどのことがない限《かぎ》りママやパパは日暮《ひぐ》れまで起きないの、知ってるでしょ？」

そういう杏樹は小学校から帰ってきたばかりらしい。日が差さない天気のおかげで久《ひさ》しぶりに登校できたようだ。いつもの黒いゴシックスタイルのワンピースではなく、フリルこそ多いが、普通《ふつう》の小学生に混《ま》じっても浮《う》かないデザインの白ブラウスと、グレーのミディスカートだった。

「じゃ、杏樹だけ？」

「煉兄さんは帰ってないよ。今日も泊《と》まりじゃない？……お姉ちゃん、何かあったの？　ものすごい顔」

「ものすごいって何よ！」

「汗《あせ》まみれで真っ赤で鼻血付き」

「ええっ⁉　やーん、ぬるぬる！」

燿一郎に近づきすぎて増血したところへ柱にぶつかったせいで、簡単《かんたん》に鼻血がこぼれてしまったらしい。慌《あわ》てて果林は鞄を探《さぐ》り、ティッシュを出した。

「うわ……ジュリアンに着くまでに止まるかな」

「大丈夫《だいじょうぶ》じゃない？　普通の出血量だもの。まだ増《ふ》えきってなかったのね。で、どうしたの、肩《かた》にハンカチなんかかけて。それに今日はバイトの日じゃなかった？」

「んと、あの……」

ティッシュで鼻を押さえたまま、果林は口ごもった。

相談はしたいのだが、内容《ないよう》が内容だ。『十文字燿一郎が椎八場《しいはば》公園の連続誘拐暴行事件《じけん》に関《かか》わっているのかどうか』である。昨日の家族会議ではちらっと触《ふ》れただけだったが、今日は誘拐犯《はん》の手口について聞いた噂《うわさ》を、詳《くわ》しく話さなくてはならないだろう。

（杏樹のことだから、ひょっとしたら顔色一つ変えないかも知れないけど……やっぱり、小学生への相談じゃないよね）

先にバイトに行き、帰ってきてから母に話そう。そう果林は決めた。

「ママが起きたら、聞いてほしいことがあるから出かけずに家にいてって伝えておいて。あたし、着替《きが》えてバイトに行かなくちゃ」

「そうだね。急いだ方がいいよ、もう四時を回ってる」

「ええーっ！　うわ、ホントだっ!!」

果林は私服に着替えて家を飛び出した。

ファミリーレストラン『ジュリアン』へ着いたのは定時ぎりぎりだった。

今はまだ客足は鈍《にぶ》いが、もう少したつと一日で一番店が混《こ》む夕食時だ。大急ぎでホールスタッフの制服《せいふく》に着替えた。鼻血はどうやら止まっている。

ブラウスとスカートにエプロン、ヘッドドレスを付け、チェックのスカーフを肩にふわりとかけてスカーフリングで留《と》める。慌てているせいでスカートのファスナーに生地《きじ》を挟《はさ》んだり、スカーフを裏返《うらがえ》しにしたりして余計《よけい》な手間がかかったものの、どうにか時間通りにホールに入った。

ぴ、ぴ、ぴ、と断続《だんぞく》的な電子音が鼓膜《こまく》を打った。

「？」

顔を向けると雨水健太がレジスターと格闘《かくとう》していた。

「な、何だ、これ？……うわ、止まらない」

レジスターの警報《けいほう》だった。人を焦《あせ》らせずにはいない電子音が、徐々《じょじょ》に大きくなる。果林はレジに駆《か》け寄《よ》った。

「雨水君、ここ！　リセットボタン！」

音が止まった。

健太が大きく安堵《あんど》の息を吐《つ》き、拳《こぶし》で額《ひたい》の汗を拭《ぬぐ》う。

「すまん。百円玉が落ちてたから入れようと思って引き出しに手をかけたら、急に……」

「引き出《ド》し《ロ》を《ア》開ける時はここを押して。でないと警報が鳴るの」

健太はこのレジスターと相性《あいしょう》が悪いのかも知れない。以前にもキーを押し間違《まちが》えて、レシートをどこまでも出し続けたことがある。

苦手意識《いしき》が強まったのか、健太はもう百円玉を引き出しに入れようとはせず横に置いてレジの前を離《はな》れ、ほっとした顔のまま果林を見やった。

「真紅が来てくれて助かったよ」

「あ、ううん……あたしこそ」

礼を言われて果林はうつむいた。学校で妙《みょう》な別れ方をしたままだったから、こうして顔を合わせると心臓《しんぞう》がどきどきする。

うつむいたまま礼と詫《わ》びを口にした。

「学校ではありがとう。ごめんね、助けてもらったのにお礼も言わずに逃《に》げ出して……あたし、恥《は》ずかしくて……」

どぎまぎしたように視線《しせん》を逸《そ》らせたあと、少し頬《ほお》を赤らめて健太が呟《つぶや》く。

「気にすんなよ。俺《おれ》もう気にしてない。……あいつに妙な誤解《ごかい》をされたのは腹《はら》が立つけど」

独《ひと》り言のように付け加えられた言葉を聞き、果林は慌てた。

「あ、あのっ、十文字さんにはちゃんと説明したから！　早合点《はやがてん》して悪かった、明日謝《あやま》るって言ってた！」

「あいつが？　謝るって？」

と目を瞠ったのは、健太にとって燿一郎の印象がそれほど悪いということらしい。

ちょっと変わってるし人の話を聞かないけれど、悪い人じゃない——そう弁護《べんご》しようとした果林の胸《むね》がとげを刺《さ》したように痛《いた》んだ。

悪い人ではないはずの彼が、連続誘拐《ゆうかい》事件《じけん》の犯人と符合《ふごう》するのはなぜなのか。

思い出すたび鬱屈《うっくつ》は大きくなっていく。一人で抱えているには、あまりに重い。

「どうしたんだ、急に？」

うなだれた果林に健太が尋《たず》ねてきた時、店長がホールを通りかかった。二人を認《みと》め、あんパンに似《に》た丸い顔を笑わせて呼《よ》びかける。

「雨水君。倉庫からキッズディナーセットの景品と、ついでにコースターも一箱取ってきてくれるかな？　あ、置いてある場所を知らないのか。じゃ真紅君が……いや、女の子に二つは無理だね。一緒《いっしょ》に行ってきて」

この店長はやたら果林と健太を組ませる。クラスメートということで気《き》を利かせているつもりらしい。

「雨水君が重い方を運んであげてね、頼《たの》んだよ。……はい。追加注文、承《うけたまわ》りますー」

転がった方が早いような丸い体を動かして、店長は接客《せっきゃく》に戻《もど》っていった。

並《なら》んで倉庫へ向かう途中《とちゅう》で、健太が尋ねてきた。

「どうしたんだ。急に元気がなくなって」

「え。あ、あの……」

「十文字のことか？　何かあったのか？……まさか、帰りにセクハラされたんじゃないだろうな⁉」

名を口に出して問いかけられ、果林は我慢《がまん》できなくなった。

健太を振《ふ》り仰《あお》いで叫《さけ》んだ。

「雨水君、あたしどうしたらいいのかわかんない！　十文字さんが女の子を誘拐して悪戯《いたずら》なんかするとは思えないけど、でも……‼」

不安と困惑《こんわく》と疑念《ぎねん》がからまり合い、涙《なみだ》になって一息にあふれ出す。視界がぼやけた。

「な、何の話だ？　誘拐？　ちょっと落ち着けよ……いきなり泣くなよ。ほら」

健太がとまどった声で言い、ポケットからティッシュを取り出した。

「あ、ありがと……う、ひっく……」

「十文字がどうしたって？　最初から話してくれ。でなきゃわからない」

倉庫に行く間に、果林は健太に話を聞いてもらった。

自然公園で頻発《ひんぱつ》していた連続誘拐暴行《ぼうこう》事件のこと、燿一郎が自分を捜《さが》し始めたのが事件が起きたのと同時期で、当たってみたという人数が被害者《ひがいしゃ》の数に近いこと。

男子生徒の間では連続誘拐暴行事件は知られていなかったらしい。健太は唖然《あぜん》としていたが、十文字燿一郎が主謀者《しゅぼうしゃ》かも知れないというくだりに至《いた》っては、ことの重大さに顔色を変えた。

「うーん……確《たし》かにあいつなら、誘拐した女の子を運ぶ車も連れ込《こ》む家も、薬や金だって簡単《かんたん》に用意できるだろうな」

紙製《せい》コースターが詰《つ》まった段《だん》ボールを棚《たな》から下ろして健太が言う。

「でも、でもね！　性格《せいかく》と合わない気がするの。雨水君があたしの制服を破《やぶ》ったって誤解した時、すごく怒《おこ》った顔してたでしょ？　潔白《けっぱく》でなきゃ、あんな顔はできないと思う」

果林はプラスチック玩具の詰まった箱を捜しながら返事をした。休んでいる間に景品箱の置き場所が変わったようだ。

「そうかも知れないけど、あいつは廊下《ろうか》で真紅にいきなり抱《だ》き付いただろう？　セクハラする奴《やつ》なんてろくなもんじゃない」

健太の声に憤《いきどお》りの気配が漂《ただよ》った。

「俺の母さんだって、しょっちゅう職場《しょくば》で嫌《いや》な目に遭《あ》って……畜生《ちくしょう》」

続いた言葉は、我知《われし》らず漏《も》れた独り言だったのかも知れない。果林が「え？」と聞き返すと、健太は慌《あわ》てたふうに言葉を切った。

「あ……何でもない。とにかく俺は、真紅ほど親しく十文字と喋《しゃべ》ったことがないからな。よくわからない」

「廊下のあれは、勘違《かんちが》いだったの。もがいたらすぐ手をゆるめてくれたし……車の中でも紳士《しんし》的だった。あたしがその気になるまで待つって言って、無理強《じ》いしなかったもの」

コースターの箱を抱《かか》えて振り返った健太が、酢《す》を飲んだような顔になった。

「その気ってどんな気だよ……」

「えっ、あ……ち、ちょっとしたこと。何でもない」

「だいたい、なぜ十文字は真紅を捜してたんだ？」

「そ、それは、その……」

果林は言葉に詰まった。

燿一郎の家庭の事情《じじょう》をべらべら喋るわけにはいかないし、自分の正体も知られたくない。

「十文字さんは、あたしのことを幸運の女神《めがみ》と勘違いしてるの。だから……」

どうにかそれだけを口にした。健太がぽかんと口を開ける。

「女神？　真紅がぁ？」

あまりにあからさまな驚《おどろ》き方に果林は沈黙《ちんもく》した。気づいた健太が急いで付け加えた。

「あっ、すまん！　いや、感じ方は自由だもんな。十文字は真紅をまだよく知らないだろうし……」

全然フォローになっていない。

まあ、健太の気持ちもわかる。しょっちゅう転んでパンツを丸見えにする女子高生を、女神と評《ひょう》する人間は普通《ふつう》いないだろうと、果林自身も思う。

「とにかく十文字さんが連続誘拐《ゆうかい》の犯人《はんにん》だとは思えないの。でも条件《じょうけん》が合いすぎるのが不安で……」

景品の箱が見つかった。棚の一番下だ。引っ張《ぱ》り出しながら、果林は話を戻した。

「いっそ十文字さんに直接《ちょくせつ》尋ねてみようかなぁ？」

「バッ、バカ！　だめだ、そんな危《あぶ》ない真似《まね》!!」

大声でどなられた。

振り返ってみると健太は、朱《しゅ》に染《そ》まった顔で眉《まゆ》を吊《つ》り上げていた。目が真剣《しんけん》だ。

「もし十文字が犯人だったらどうするんだ！　無事にはすまないぞ。よくドラマや小説であるじゃないか、目撃者《もくげきしゃ》は消せって……絶対《ぜったい》だめだ。危ない」

「ま、まさか……」

一応《いちおう》は否定《ひてい》してみたものの、果林にも絶対安全と言い切るだけの確信《かくしん》はない。三ヶ月前に抱き付いた時を別にすれば、まだ会ってから二日しかたっていない。家庭事情でさえついさっき聞いたばかりだ。

君子豹変《くんしひょうへん》すという諺《ことわざ》のように、問いただした途端《とたん》に燿一郎が隠《かく》していた犯罪者《はんざいしゃ》の顔を現《あらわ》さないとは、言い切れない。

「あたし、どうしたらいいんだろ」

箱を抱えて倉庫を出ながら、果林は呟《つぶや》いた。相談を持ちかけられた健太にしても、すぐには考えがまとまらないようだ。

連続誘拐暴行事件《じけん》に関《かか》わっているらしい人物を見つけた、というだけならこんなに困惑《こんわく》はしない。相手が顔を知っていて話したこともある同じ学校の生徒だからこそ、どうすべきか迷《まよ》うのだ。曖昧《あいまい》な疑惑《ぎわく》だけで警察《けいさつ》に告発などできないし、かといって付き合いが浅すぎて無関係と信じるに足る材料は乏《とぼ》しい。本人に直接ぶつかるのは危険《きけん》すぎる。

二人は無言で段ボール箱を抱えて歩いた。

ホールに着いたらさすがに二人で長々と喋っているわけにはいかない。

「帰りに、また相談しよう」

「うん……ありがと」

「……ふうむ。それで？」

言いながら、男は水割《みずわ》りの入ったバカラグラスを置いた。窓《まど》から射し込む西日がグラスに反《はん》射《しゃ》して、マホガニーのテーブルに光の輪を作る。

グラスもテーブルも安楽椅子《いす》も、室内の調度品はすべて上品で洗練された美しいものばかりだった。調和していないのは、だらしなく腹《はら》を突《つ》き出した姿勢《しせい》で安楽椅子にかけている中年男だけだ。

立ったままの佐々木は軽く頭を下げた。

「中岡から連絡《れんらく》がありまして、今日燿一郎様は予定を変更《へんこう》なさって病院に寄《よ》るそうです」

「燿一郎様か。……わしを前にしてまであいつに敬語《けいご》を使うことはないんじゃないか？」

大物らしく笑い飛ばしてみせようとしてはいるが、目の底に不満が透《す》けている。

佐々木は腰《こし》を折って一礼した。

「癖《くせ》になっておりまして」

「ふん。まあいい。ともかく親孝行《おやこうこう》な燿一郎の奴《やつ》は、父親の見舞《みまい》に行くわけだ。行ったところでどうせ眠《ねむ》っていて、わかりはせんのにな」

「病院を出たあとは例によって車を待たせて、一人で散歩をなさってからお帰りになるでしょう。あの病院のそばにも大きな公園がありますから」

「落ち込むのがわかっていて見舞に行くんだから、あいつも馬鹿《ばか》な奴だ。……だが、チャンスかも知れん」

「と、おっしゃいますと」

男が座《すわ》り直して身を乗り出す。頑丈《がんじょう》なはずのイタリア製《せい》特注安楽椅子が体重に負けて、かすれ声に似《に》たきしみを立てた。

「連続誘拐暴行《ぼうこう》事件の仕上げをする頃合《ころあ》いだろうよ。……今夜、あいつにはアリバイのない時間ができるわけだ。治らない父親のことを考えて公園で一人滅入《めい》っていたのか、それとも女と会っていたのか。誰にもわからん」

「つまり、また誰《だれ》か誘拐してこいと？」

「今度は誘拐じゃない。……燿一郎は、例の幸運の女神《めがみ》とやらを見つけたと言ったな？」

「は。真紅果林、椎八場第一高校の一年生です」

「甘《あま》やかされたお坊《ぼっ》ちゃんのことだ。女にフラれたら、逆上《ぎゃくじょう》して何をしでかしても不思議はないと思うぞ。たとえばだ、暴行したあげく殺してしまったり……」

「殺すのですか」

佐々木は眉《まゆ》をひそめて問い返した。

「一人くらいは警察に駆《か》け込むと思ったのに、誰も被害届《ひがいとどけ》を出さん。この辺で一つ大きな仕掛《しか》けが必要だ。……誰かが殺されたとニュースに出れば、自分も一つ間違《まちが》えばそうなっていたかと怖《こわ》くなって警察に駆け込む娘《むすめ》が出てくるだろう。そうなればこっちのもんだ、何と言っても誘拐を命じたのは十文字燿一郎なんだからな。あいつが連続誘拐婦女《ふじょ》暴行の主犯になるんだ。おっと、その前に殺人罪だな」

男は体を揺《ゆ》すって笑った。自分の考えに酔《よ》っているらしい。

しかし、この男にそれだけの胆力《たんりょく》があるかと佐々木は危《あや》ぶんだ。

「殺すのは少々いきすぎではございませんか」

「今さらびびったのか？　おい佐々木、お前はとっくに燿一郎を裏切《うらぎ》って、わしの計画に手を貸《か》しているんだぞ。……あいつを完全に追い落とさない限《かぎ》り報酬《ほうしゅう》は出せん。それどころか、下手な情《なさ》けをかけたらこっちの足元に火がつく。そのくらいわかるだろう」

「それは、その通りですが」

「だったら燿一郎にアリバイのない今日がチャンスだ。果林とか言ったな、その娘を誘拐して殺して公園に捨《す》てる。死体の手に、燿一郎のヘアブラシから取った髪《かみ》の毛でもからませておけば完璧《かんぺき》だ。やってくれるな」

「……それればかりは、お断《ことわ》り申し上げます」

佐々木は首を振《ふ》った。犯罪に手を染めたとはいえ、そこまで危ない橋を渡《わた》る気はなかった。

十文字グループ会長、十文字雅晴《まさはる》は交通事故《じこ》のあと昏睡《こんすい》が続いている。簡単《かんたん》に回復《かいふく》するとは思えない。

まだ高校生の燿一郎はあとを継《つ》ぐには若《わか》すぎる、そう思った。

自分ももういい年だ。老後の資金《しきん》はしっかり手に入れておきたい。中途半端《ちゅうとはんぱ》な期待に流されて十文字家に仕《つか》え続け、じり貧《ひん》になるのもいやだし、かといってこの不況《ふきょう》に新しい就職先《しゅうしょくさき》が見つかるとも思えない。このあたりで一勝負して、大金をつかんで身を引くのがいいと考えた。

その判断《はんだん》は間違っていないはずだ。

しかし、従《したが》う立場こそ取っているものの、この男を信じているわけではない。

佐々木は一歩しりぞいて首を振った。

「ここへ連れてくるのと死体を捨てに行くのは引き受けてもよろしいですが、それ以上はごめんこうむりましょう」

男が不満そうに鼻を鳴らした。が、やがて考えを変えたらしい。

「気の弱い奴だ。……まあいい。連続誘拐暴行事件とつなげるには、いつものようにやる方がいいかもしれんな。わかった、ここへ連れてこい」

「今日ですか。ここに連れてくるなら、燿一郎様のアリバイは関係ないと思いますが？」

「ああ。しかし早い方がいい。……燿一郎がその娘と親しくなって誘拐のことまで喋《しゃべ》ったら困《こま》る。他の人間に漏《も》れるかも知れん」

もともと物事を熟考《じゅっこう》することができず、思いつきで動いてばかりの男だ。いったん口に出した『今日』という言葉に考えをとらわれて、動かせないらしい。

しかし佐々木自身も早く片付《かたづ》く方がありがたい。同意のしるしに頷《うなず》いてみせた。

男が笑った。

「それに万一、その女子高生が本当に『幸運の女神』だったら、燿一郎みたいなガキにくれてやるのはもったいないじゃないか？　わしがもらう。女子高生の味見もこれが最後になりそうだしな」

視線《しせん》を宙《ちゅう》に浮《う》かせて期待する目つきになり、色の悪い唇《くちびる》をべろりと舐《な》めた。声には下卑《げび》た響《ひび》きが混《ま》じっている。何やら想像《そうぞう》をめぐらせているらしい。

内心の侮蔑《ぶべつ》を隠《かく》し、佐々木は男に向かって一礼した。

「では連れて参ります。人目を避《さ》けねばなりませんので、九時過《す》ぎになるかと存《ぞん》じますが……」

燿一郎に名前を聞いたあと、すぐに手配して果林という女子高生を調査《ちょうさ》した。一日しかたっていないので詳《くわ》しい情報《じょうほう》はまだだが、住所や電話番号、バイト先はわかっている。確《たし》か今日は、ファミリーレストランのアルバイトに行っているはずだった。

日が長い七月とはいえ、八時半を回れば空気はすっかり夜のものに変わっている。果林は雨水健太と並《なら》んで、街灯に照らされた舗道《ほどう》を歩いていた。

会話ははずまない。

「十文字が、なあ」

「違うと思うの。思うんだけど不安で……明日会ったら、どんな顔をしたらいいのか……」

「とりあえず、普通《ふつう》にしておくしかないんじゃないか？」

「うん……」

言葉はせいぜいこの程度《ていど》しか出ないで、すぐ溜息《ためいき》に変わってしまう。名案が浮かばないのだからどうしようもなかった。

マンションや一戸建てが建ち並ぶ住宅街《じゅうたくがい》を抜《ぬ》け、果林や健太の家がある西区に入ると、道は上り坂だ。両脇《りょうわき》には造成《ぞうせい》途中の空き地や休耕田《きゅうこうでん》が多い。そのせいか、繁華街《はんかがい》でならまだまだ宵《よい》の口の時刻《じこく》なのに、人通りはほとんどない。たまに通る車のヘッドライトが、二人を一瞬《いっしゅん》照らしてまた走り去っていく。

「じゃ、あたしの家こっちだから」

T字路に来た果林は、横の通りを指さした。

「そっか。気をつけて」

「うん、さよなら」

片手《かたて》を上げて果林は横道に足を向けた。その背中《せなか》に声がかかる。

「真紅」

「はい？」

振り返ると、健太がじっとこちらを見ている。

「その……」

差し出口ではないかと迷《まよ》うように一瞬口ごもり、けれど、そのあとは顔を上げ果林を見つめ、はっきりした口調で健太は言った。

「俺《おれ》にできることがあればするから。何かあったら言えよ。手を貸《か》すから」

「雨水君……」

果林は大きく瞬《まばた》きした。

胸《むね》がときめく。

（……ん？）

外に聞こえそうなほど心臓《しんぞう》の音が大きくなった。体の芯《しん》が疼《うず》き、電流が四肢《しし》を駆《か》け抜ける。

頭が熱っぽく霞《かす》む。

（や、やだっ！　また来ちゃったの⁉）

考えてみれば学校の帰りは燿一郎に車で送ってもらい、そのあとは健太と同じファミリーレストランで働いていた。造血機能《ぞうけつきのう》を刺激《しげき》する人間とばかり一緒《いっしょ》にいたのだから、血の衝動《しょうどう》が起きて当たり前だ。

しかし今からメールで杏樹を呼《よ》んでも間に合わない。

となれば、健太から離《はな》れるしかない。

「あ、あ、ありがと、雨水君！　それじゃまた明日！」

早口で礼と別れの挨拶《あいさつ》を言い、果林はきびすを返して駆け出した。健太が何か言いかけたようだが聞いてはいられない。噛《か》みつきたい衝動に負ける前に離れようと、果林は全力疾走《しっそう》した。

上り坂を百メートルほど走ったあたりで、息が切れた。果林は足をゆるめた。

ふと、健太と一緒に歩いていた間、小走りになった覚えはないことに気がついた。小柄《こがら》な自分と健太では頭一つ分身長が違《ちが》う。足の長さも違うはずだが、きっと健太が自分の歩幅《ほはば》に合わせてくれていたのだ。何も言わず、ごく自然に。

「雨水君……」

小さく呟《つぶや》いてみた。胸の奥《おく》がほんのりとあたたかくなる――というより、熱い。心臓は勢いをゆるめることなく脈打っている。

（ヤ、ヤバイ……雨水君に近づきすぎちゃった。めちゃくちゃ増《ふ》えてる）

体中がぞくぞく疼く。心臓の奥が燃《も》えたぎり、血が沸騰《ふっとう》してあふれ出しそうだ。

夕方にも燿一郎に近づきすぎて血が増えた。柱に顔をぶつけての鼻血という形で収《おさ》まったが、それがかえってよくなかったのかも知れない。中途半端《ちゅうとはんぱ》な不完全燃焼《ねんしょう》の分を取り戻《もど》そうとするかのように、あの時よりはるかに激《はげ》しく血が騒いでいる。

(雨水君に噛みついたらよかったかなぁ。でも杏樹がいないんだもの。記憶《きおく》を消してもらえないんじゃ、できないよ。それに……)

さっきの「手を貸すから」という言葉が、耳の底に残っている。

燿一郎が連続誘拐事件《ゆうかいじけん》に関《かか》わっているのではと気づいて以来ずっと、ぐらつく台に乗っているような不安な気分だった。けれど今の健太の表情と言葉で、手を差し伸《の》べてしっかり支《ささ》えてもらったように感じた。

(その雨水君に噛みついて血を送り込《こ》むのって、なんだか恥《は》ずかしい……だって喉《のど》に牙《きば》が刺《さ》さるくらい接近《せっきん》しようと思ったら、抱《だ》き付かなきゃいけないじゃない！　やだやだ、恥ずかしいよ、そんなの!!)

雨水健太に抱き付く、と思っただけで全身が燃え上がりそうに熱くなる。果林は激しく首を左右に振《ふ》った。が、頭にたまった血の中を脳味噌《のうみそ》が泳いだ気がして、すぐやめた。

(ダメ、くらくらする……早くターゲットを見つけなきゃ)

その時、後ろから車のヘッドライトが近づいてきた。道にガードレールはなく、車道と歩道の仕切りはアスファルトに描《か》かれた白線だけだ。果林はできるだけ端《はし》に寄《よ》った。

白い国産セダンが横を走りすぎた——かと思うと、二メートル先で急停車した。

「?」

何だろう、と思うのと同時に、運転席のドアが開いた。飛び降りてきた男は目出し帽《ぼう》で顔を隠《かく》している。

「……きゃあああああーっ！」

果林は悲鳴をあげ、身をひるがえして逃《に》げ出した。

この男に噛みつけばいい、という考えは浮《う》かばなかった。夏に目出し帽をかぶった男など怪《あや》しい人物に決まっている。逃げなければ。

だが十歩と走らないうちに、水たまりに足を取られてよろけた。転びそうになったところを、後ろから羽交《はが》い締《じ》めにされた。

「いやっ！……やだ、離して！　離してってたら!!」

小柄な果林に比《くら》べ、男の体格《たいかく》は一回り以上も大きい。力も強かった。

「やっ……誰か来て、助けてーっ！」

男は背後《はいご》から覆《おお》いかぶさる形で果林を抱きすくめ、手に持ったハンカチを顔に押《お》しつけようとした。濡《ぬ》れた感触《かんしょく》が顎《あご》に触《ふ》れた。シロップ剤《ざい》に似《に》た人工的な甘《あま》ったるい香《かお》りは、麻酔剤《ますいざい》だろうか。

顔を左右に振ってもがき、果林は声を振り絞《しぼ》った。

「助けて、雨水くーん!!……んっ……」

だが抵抗《ていこう》もそこまでだった。ハンカチが、顔の下半分にべったりと張《は》り付いた。

「ん、うぅっ……ぁ……」

果林の体温で気化した麻酔剤のガスが、鼻腔《びこう》に侵入《しんにゅう》し、肺《はい》を満たす。急速に目の前が暗くなる。

果林は意識《いしき》を失い、誘拐犯《はん》の腕《うで》の中にくずおれた。

4　増血鬼《ぞうけつき》は絶体《ぜったい》絶命

遠い悲鳴を聞いた気がして、雨水健太《うすいけんた》は足を止めた。果林《かりん》が駆《か》け去った方向からだ。

「?」

（まさか、とは思うけど……）

果林から連続誘拐暴行事件《ゆうかいぼうこうじけん》の話を聞いた直後だけに、気になった。

回れ右してさっきのT字路へ戻《もど》りかけた時だった。悲鳴がまた聞こえた。

「いやっ！……やだ、離《はな》して！」

かすかだが間違《まちが》いない。果林の声だ。

「真紅《まあか》！」

叫《さけ》んで健太は駆け出した。助けを求める悲鳴はとぎれとぎれに続いている。

「離してったら!!　誰《だれ》か来て、助けてーっ！」

人気のない暗い道を健太は突《つ》っ走った。

「……雨水くーん！」

悲鳴が弱くなる。

坂道の上に白い自動車が停《と》まり、そのそばで人影《ひとかげ》がもつれ合っている。目出し帽の男と、白っぽいワンピースに薄手《うすで》のサマーカーディガン――果林だ。

小柄《こがら》な体が、力なく男の腕の中に崩《くず》れるのが見えた。

「真紅ーっ!!」

健太は坂を駆け上がった。だが、距離《きょり》がありすぎた。

背広《せびろ》の男がぐったりした果林を担《かつ》ぎ上げ、車内へ投げ入れる。健太が坂の半分まで行かないうちに、男は運転席へ乗り込んだ。エンジンはかかったままだ。

ドアが閉《し》まる。セダンが発進する。

「この野郎《やろう》、待て!」

必死に走ったが、追いつけるわけはない。叫んだ健太を嘲笑《あざわら》うかのように排気《はいき》ガスを吹《ふ》きかけ、セダンは走り去った。

「……ちっくしょう!」

膝《ひざ》に手を置き荒《あら》い息を静めながら、健太は罵《ののし》った。

ありふれたセダンだった。車種を見定めるには暗かったし時間が短かったし、ナンバープレートは汚《よご》れていて数字が読めなかった。

警察《けいさつ》に連絡《れんらく》しなければと思ったが、経済《けいざい》状況《じょうきょう》の苦しい健太は携帯《けいたい》電話を持っていない。あいにくと人家の途切《とぎ》れた場所で、戸を叩《たた》いて電話を借りることもできない。

住宅地《じゅうたくち》に戻って公衆《こうしゅう》電話を使うしかない。健太は今登ったばかりの坂道を駆け下りた。

走りながら悔《く》やんだ。

なぜ自分は果林を家まで送らなかったのだろう。あんな話を聞いた直後だというのに——そう思った時、頭の中を閃光《せんこう》が走った。

(今の誘拐は、真紅に聞いた話の続きじゃ……?)

誘拐犯が手に持っていたのは白っぽい布に見えた。果林がぐったりしたのは麻酔剤《ますいざい》を嗅《か》がされたからではないのか。

それに犯人《はんにん》が着ていたのは背広だった。目出し帽《ぼう》をかぶっていたので顔は見えなかったが、体つきや身のこなしが若《わか》い男のものではないように思えた。

女がほしくなった不良が通りすがりを誘拐した、というケースとは明らかに違う。やり口が計画的だ。

(やっぱり十文字《じゅうもんじ》が、人を使って真紅を攫《さら》わせたのか⁉)

例の事件の続きなら連れ去られた果林はどうなるのか——そこまで考えて、健太の顔から血の気が引いた。

(危《あぶ》ない……思い切り危ない‼　早く助けなきゃ!)

だが警察に駆け込んだとしても、何の証拠《しょうこ》もないのに十文字家へ踏《ふ》み込んでくれるだろうか。

自分は一介《いっかい》の高校生で相手は名家の御曹司《おんぞうし》だ。ただの言いがかりと思われる可能性《かのうせい》の方が、はるかに大きい。

果林の身の安全を思えば、一分一秒も無駄《むだ》にはできない。

（十文字の家、どこって言ったっけ。大谷《おおたに》や木田《きだ》が噂《うわさ》してたような……）

走りながら健太は、以前耳に留《と》めた女子の噂話を思い出そうとした。

（あいつら、調べたからそのうち訪《たず》ねようとか言ってキャーキャー騒《さわ》いでたもんな。確《たし》か、雨《あま》宮《みや》市の……そうだ、雨宮カトリック教会の近くって言ってた！）

道の端《はし》に電話ボックスが見えた。

だが健太はその横を走りすぎた。向かうのはバス停だ。

雨宮市まではバス一本で行ける。半時間くらいのはずだ。警察で押し問答するよりはきっと早い。カトリック教会という目印もあるし、家はすぐ見つかるだろう。

（間に合ってくれ……。十文字、真紅に妙《みょう》な真似《まね》をしたらただじゃすまさないぞ！）


雨水健太が十文字家を探《さが》し当てたのは、それから一時間近く後だった。

バスを降《お》りたあとになって、タクシーを使えばもっと早かったと気がついたが、今さら遅《おそ》い。家計に余裕《よゆう》がない母子家庭なので、この世にタクシーというものが存在《そんざい》することを忘《わす》れていた。

そもそもタクシー代がない。

（十文字の家はどこなんだ？）

教会周辺は、一年のいった人からはお屋敷町《やしき》と呼《よ》ばれている一帯だ。健太の住むアパートが十棟《とう》くらい入ってしまいそうな大邸宅《だいていたく》ばかりが並《なら》んでいる。誰かに尋《たず》ねようにも、しゃれたデザインの街灯が照らす舗道《ほどう》に人影はない。高級住宅街のため、この時刻《じこく》になると人通りが絶《た》えるようだ。

健太は家から家へと走り、一軒《けん》一軒の表札を確《たし》かめて回った。どの家も丈高《たけたか》く長い塀《へい》をめぐらせ、門がどのあたりにあるのかなかなか見えない。

「くそっ、もうちょっとわかりやすいようにしておけってんだ」

煉瓦《れんが》を積んだ上部に蔦《つた》を這《は》わせた塀の横を突っ走りながら、健太が舌打《したう》ちした時だった。向こうに鉄製《てっせい》の門扉《もんぴ》が見えた。

駆《か》け寄《よ》ってみると、煉瓦の門柱にインターホンと銅板《どうばん》の表札が付いている。刻《きざ》まれた名は、『十文字』だ。

「ビンゴ！……って、ほんとに個人《こじん》の家か、これ？」

ようやく見つけた屋敷を、健太は茫然《ぼうぜん》と眺《なが》めた。

塀が恐《おそ》ろしく長かったことから家の大きさも推察《すいさつ》できる。大邸宅ばかりのお屋敷町の中でも、特に広そうな家だった。門がまた、校門並《な》みに大きい。すぐ横に通用門が着いているところもそっくりだ。とはいえ蔓草《つるくさ》をかたどった鋳鉄《ちゅうてつ》で飾《かざ》ってある風雅《ふうが》さは、学校の門とは大違《おおちが》いである。

健太は門扉の中を透《す》かし見た。

夜なので様子はわかりにくいし、高い庭木に邪魔《じゃま》されるせいもあるが、建物がどこにあるのか見えない。広すぎる。これなら、中で何をしていても外へ声が漏《も》れることはないだろう――たとえ女子高生を連れ込《こ》んで暴行《ぼうこう》していても。

ごくりと唾《つば》を飲み込み、健太はインターホンを押《お》した。

ややあって、権高《けんだか》な中年婦人《ふじん》の声が答えた。

「どちら様でしょうか」

「雨水健太といいます。十文字……燿一郎《よういちろう》君と、同じ学校の」

「銀嶺《ぎんれい》学院の？」

「いえ、椎八場《しいはば》第一高校の」

インターホン越《ご》しに聞こえる声のトーンが、微妙《びみょう》に変わる。

「お約束があるようには伺《うかが》っておりませんが……」

見下した気配が感じられた。健太はむっとしてどなった。

「急用です、入れてください！　あいつに会わなくちゃならないんだ!!」

「燿一郎様はまだお帰りになっていません」

「嘘だ！」

最初から留守《るす》と答えず、自分の高校名を聞いてから言ったあたりが、怪《あや》しい。

(居留守《いるす》でごまかそうとするくらいだ、後ろ暗いことがあるんだ)

果林はこの屋敷にいると、健太は確信《かくしん》を強めた。

「開けてくれ！　中へ入れろったら！」

通用門に手をかけて揺すったが、頑丈《がんじょう》な鉄扉が開くわけもない。

「乱暴《らんぼう》はおやめください。燿一郎様のご学友を警察に引き渡《わた》すようなことはしたくありませんので」

「け、警察!?　俺《おれ》がなんで……」

「では、門扉を揺するのをやめていただけますか。ご学友のなさることとも思えません」

門の様子は監視《かんし》カメラで逐一《ちくいち》見えているらしかった。狼狽《ろうばい》して一歩後ろに下がった健太に、インターホンが冷たく言い放った。

「お帰りください。ご訪問《ほうもん》があったことは、燿一郎様にお伝えしておきます」

ぷつ、と小さな音が鳴って通話が切られた。

「あっ、この……」

反射《はんしゃ》的にインターホンへ指を伸《の》ばしかけて、健太は思いとどまった。応答《おうとう》したのはこの家の使用人だろうが、あの態度《たいど》ではいくら交渉《こうしょう》しても無駄だ。

顔を上げて視線をめぐらせると、門のすぐ内側にある庭木の梢《こずえ》で、監視カメラのレンズが光っているのがわかった。

「……ふざけやがって！」

健太は舌打ちした。

だからといってこのまま引き下がるわけにはいかない。

諦《あきら》めたような力ない足取りに見せかけて門のそばを離《はな》れた。

角を曲がってから、走り出す。

この屋敷の塀は煉瓦だ。蔦もからんでいる。三メートル近い高さがあるとはいえ、乗り越えられなくはないだろう。

塀に沿《そ》って五十メートル近く走ってから、健太は足を止めた。

「なんつー広い家だよ……狭《せま》い日本でこんな家に住んでいいと思ってんのか？」

だがその広さが死角を生み出すはずだと思った。

「よしっ」

あたりを見回して誰も見ていないことをもう一度確認《かくにん》し、健太は塀の煉瓦に指をかけた。

「……う」

思ったより、登りにくい。煉瓦の積み重ねにできている凹凸《おうとつ》は一センチ足らずしかない。そのわずかな段差《だんさ》に靴先《くつさき》を乗せ指を引っかけ、上へ体を引き上げる。すぐに指先がしびれてきた。

（くそっ……だけど、俺が行かないと真紅が……）

健太は歯を食いしばった。

もうすぐ塀の上から垂れている蔦に手が届《とど》く、あれをつかめば登りやすくなる——そう思った時だった。

角を曲がってきた車のヘッドライトがいきなり自分を照らした。

「い⁉」

健太はうろたえた。

飛び降りて通行人を装《よそお》うには、もう遅《おそ》い。今の自分はどこからどう見ても住居不法侵入《じゆうきよふほうしんにゆう》を遂《すい》行《こう》中だ。

(気づかないでくれ、通りすぎてくれ、頼《たの》むー!)

ゴキブリのような姿勢《しせい》で塀《へい》に張《は》り付いたまま、健太は願った。

が、祈《いの》りも虚《むな》しく、車は健太の横で止まった。銀白色のベンツだった。

後部座席《ざせき》の窓《まど》が開いて、冷ややかな声がかかった。

「それ以上登るな。侵入者感知のセンサーも監視カメラも設置してある。警報《けいほう》が鳴るぞ、雨水」

「じ、十文字⁉」

声を聞いた健太は驚愕《きようがく》した。外出中というのは本当だったのか、では果林を攫《さら》ったのはいったい——。

振《ふ》り向いた拍子《ひょうし》に指がすべった。

「うわぁあああ！」

塀から落ちた健太は、したたかに腰《こし》を打った。

「いってぇ……」

開いた窓越しに運転手の心配そうな声が聞こえた。

「警察へ連絡《れんらく》しなくてよろしいのですか。この高校生、明らかに塀を越えて侵入しようとしていましたが」

「構わない。顔見知りだ」

「あっ、燿一郎様……！」

ベンツのドアを自分で開けて、燿一郎が道に出てきた。

腰を押さえて呻《うめ》いている健太に向かい、頭を下げる。

「学校ではすまなかった、雨水。僕《ぼく》の早合点《はやがてん》だった」

今まで健太に見せていた、人を小馬鹿《こばか》にしたような頭の下げ方ではない。正面から詫《わ》びられて健太は面食らった。

果林が言った通り悪い奴《やつ》ではないのかも知れない。いや、しかし今その果林が攫われている。

疑《うたが》わしいのは――。

健太は跳《は》ね起きて燿一郎に詰《つ》め寄り、胸倉《むなぐら》をつかんだ。

「十文字っ！　お前が誘拐《ゆうかい》させたのか⁉」

相手が自分より二学年上なのはわかっているが、敬語《けいご》を使う気にはならなかった。そんな状況《じょうきょう》でもなかった。今まで外出していたからと言って疑惑《ぎわく》を解くわけにはいかない。自分の帰宅《きたく》に間に合うよう誰かに命じておいたのかも知れない。

燿一郎の顔がこわばった。手を払《はら》いのけようとしないのは、痛《いた》いところを突かれて狼狽《ろうばい》したせいか。健太は言いつのった。

「お前なんだろう、タイミングがよすぎる！　真紅をどうした⁉」

「どうって……家へ送り届けた」

「嘘《うそ》つけ！　中に隠《かく》してるんじゃないのか⁉」

「嘘とは何だ、失礼な！」

決めつけられて腹《はら》を立てたらしい。燿一郎が健太の手を払いのける。

「それで人の家の塀に登っていたのか？　疑うなら屋敷《やしき》の中を捜《さが》してみればいい。乗れ」

小馬鹿にした目で健太を見た燿一郎は、もとのようにベンツにすべり込んだ。

（誘拐してから一時間くらいたってる……もう帰したってことか？　いや、でもそう言って俺を諦めさせる手かも……）

自信ありげな態度《たいど》にちょっとぐらついたものの、さっき燿一郎が示《しめ》した狼狽は怪《あや》しい。健太は後部座席に乗り込んでドアを閉めた。

緊張《きんちょう》と反発をはらんだ沈黙《ちんもく》の中、ベンツが動き出す。

すぐにさっき健太が追い払われた門の前に着いた。運転手がリモコンを向けると、音もなく鉄扉《てっぴ》が左右に開いた。

(自動式？　うぉ、すげー……つーか、この金持ちめ)

車はそのまま夜の庭に入った。

数十メートル進むと今度はヘッドライトの中に低い塀と門扉が浮《う》かび上がった。さっき健太が乗り越《こ》えようとしたのは外塀で、中にはさらに内塀があるようだ。奥《おく》に三階建ての洋館が見えた。

忍《しの》び込まずにすんでよかったと健太はひそかに思った。こんな広い屋敷、案内なしでは絶対《ぜったい》に迷《まよ》う。

帰宅は前もって知らされていたのかも知れない。ベンツが玄関《げんかん》前について燿一郎と健太を下ろすのとほぼ同時にドアが内側から開いた。雇《やと》い人らしい、地味なワンピースにシンプルなエプロンをかけた中年婦人《ふじん》が頭を下げている。さっき自分をけんもほろろにあしらったのと同じ声だが、燿一郎に対する態度はうってかわって丁寧《ていねい》だった。

「お帰りなさいませ。お見舞《みまい》でお疲《つか》れでしょう、先に……あら、お友達でいらっしゃいますか？」

「ただの顔見知りだ、茶も何も要《い》らない。……入れ、雨水。靴《くつ》はそのままでいい」

燿一郎は指の動作で健太を招《まね》き入れた。

中に入った健太は思わずぐるっと首をめぐらせ、規模《きぼ》と豪華《ごうか》さに圧倒《あっとう》されそうになった。通常《つうじょう》の玄関とはわけが違《ちが》う。広さといい天井《てんじょう》の高さといい、雑誌《ざっし》で見た名門ホテルのロビー並《な》みだ。壁際《かべぎわ》には一抱《ひとかか》えもありそうな花瓶《かびん》や巨大《きょだい》な油絵が飾《かざ》られ、天井からは華《はな》やかなシャンデリアが下がり、壁にも多数の間接《かんせつ》照明が取り付けられていた。

光熱費や冷暖房費《れいだんぼうひ》の高くつきそうな家だ、と所帯じみたことをつい考えてしまう。

燿一郎はさっさと先に立って廊下《ろうか》を進み、一つのドアを開けた。

大広間なのか客間なのか居間《いま》なのか、健太にはよくわからない。三十畳《じょう》くらいありそうな部屋に、さまざまな形の椅子《いす》とテーブルのセットが五、六組も散らばっている。それでいて不調和な感じはしない。

ドアに一番近い革張《かわば》りのソファに燿一郎は腰を下ろした。

「突っ立ってないで座《すわ》ったらいいだろう。それとも先に果林を捜したいのか？　言っておくけど無駄《むだ》だぞ。ちゃんと家の近くまで送っていった。……ああ、家捜しなんかしなくてもあの電話を使えばいい、果林の家にかけてみればわかる」

屋敷の大きさに気を呑《の》まれている健太に向かい、壁際の小卓《しょうたく》に載ったアンティーク調の電話機を示して燿一郎が言う。嘘やはったりの気配は微塵《みじん》もなかった。

健太は当惑した。

「本当に、家へ送ったのか?」

「しつこいな。電話をかけてみろと言っている」

できればそうしたい、果林の無事を確認《かくにん》したい。だが燿一郎に対して「実は電話番号を知らない」とは、微妙《びみょう》な敗北感があって言えなかった。

気にくわない奴だが、ここまではっきり言う以上、口から出任《でまか》せではなさそうだ。

「わかったよ。それならいい」

呟《つぶや》いた健太に今度は燿一郎が問い返してきた。

「話はまだ終わっていない。座れよ。……僕が誘拐《ゆうかい》をしたとか言ったな」

「そうだ」

燿一郎に向き合うソファに健太は腰《こし》を下ろした。ほどよい硬《かた》さのスプリングと、やわらかいのに張りのあるなめし革が体を受け止め、何とも言えない座り心地《ごこち》のよさだ。思わず「うぉ」と小さな歓声《かんせい》を上げてしまった。

(いけね……貧乏人《びんぼうにん》丸出しになっちまった)

いまいましい。

燿一郎に指摘《してき》されないうちにと、健太は早口で詰問《きつもん》した。

「俺は真紅に相談されたんだ。お前が自然公園の連続誘拐暴行《ぼうこう》に関《かか》わってるみたいだから、どうしようって」

「ああ。指示《しじ》したのは僕だ」

あまりにもあっさりと肯定《こうてい》されて拍子抜《ひょうしぬ》けした健太に、燿一郎は肩《かた》をすくめた。

「幸運の女神《めがみ》を捜すためだった。だが暴行は言いすぎだぞ。連れてくる手段《しゅだん》は乱暴《らんぼう》だったかも知れないが、軽く抱《だ》きしめただけで人違いだとすぐわかった。だからすぐに帰らせている。不安な思いをさせた詫《わ》び代わりに、お小遣《こづか》いも渡《わた》した」

「嘘《うそ》つけっ！　女子の間で噂《うわさ》になってるんだぞ、眠《ねむ》ってる間に服を脱《ぬ》がされてイタズラされたって!!」

「冗談《じょうだん》を言うな、僕がそんな卑劣《ひれつ》な真似《まね》をするものか！」

「エッチ目当てじゃないんだったら、なぜ誘拐なんかしたんだよ!?」

「言ってるだろう、果林を捜すためだったって。……以前、自然公園で果林に抱き付かれたあとは、何もかも不思議なくらいうまくいった。制服《せいふく》しか思い出せなかったから、自然公園を通る一高の女の子を連れてこさせて、抱きしめた感触《かんしょく》で確《たし》かめたんだ。それだけだ」

聞いているうちに不快《ふかい》を覚え、健太は頭をわしわしと掻《か》いて吐《は》き捨《す》てた。

「ひがみと取られるのを覚悟《かくご》で訊《き》くけどな。お前がなぜ幸運なんか必要なんだよ」

答えはない。

「言えないような理由か。そんなので悪いことはしていないったって、信じられるもんか」

健太は怒《いか》りを声ににじませて吐き捨てた。

人捜しの手段として誘拐を選ぶのがそもそも非常識《ひじょうしき》だ。薬で眠っているのをいいことに、ものはついでとつまみ食いしたのではという疑《うたが》いは捨てきれない。

「そうまで言うなら教えてやる。……父が入院してるんだ」

燿一郎が横を向き、抑揚《よくよう》のない声で言った。しかしまだ健太の疑念《ぎねん》は晴れない。

「それがどうした。お前の家は金持ちなんだ、何の病気か知らないけど、最先端《さいせんたん》の治療《ちりょう》を受けられるだろう」

「言われなくてもやっている。東都大学病院は脳外科《のうげか》では日本でもトップクラスだ。……なのにどうしても意識《いしき》が戻《もど》らない。もう二ヶ月近く昏睡状態《こんすいじょうたい》のままだ」

燿一郎はそっぽを向いたまま、肘掛けに載せていた手でこめかみを押《お》さえる。昏睡状態という重い言葉に健太はたじろいだ。

「な、なんでだよ。病気か？」

「事故《じこ》だ。十文字グループの会長としてたくさんの企業《きぎょう》を指揮していた人なのに、今は眠ったきりで、流動食をチューブで流し込《こ》まれて、下の世話まで人の手に任せて……。ジンクスに頼《たよ》るなんて、馬鹿《ばか》げているのはわかってる。でも他《ほか》に思いつかなかった」

「だけど、誘拐ってのはいくら何でも……お母さんは、お前のやることに反対しなかったのか？」

「母は長期旅行中で連絡《れんらく》が取れない。……いいや、ヨーロッパでも事故のニュースくらいは流れたはずなんだ。なのに連絡してこないのは、父と本気で離婚《りこん》するつもりだからだと思う。……もう駄目なんだ、この家は」

く、と小さく喉《のど》が鳴ったのが聞こえる。隠《かく》そうとして隠しきれずにいるらしい声の震《ふる》えに気づいて、健太は言葉を失った。

「果林と初めて出会った頃《ころ》は、父と母の間が冷え切っていて、僕は僕で友達と些細《ささい》なことから喧嘩《けんか》になるし、人間関係がめちゃくちゃだった。でも果林に抱きしめてもらった日を境《さかい》に、何もかもがいい方に変わった。友達とはじっくり話し合って仲直りできた。両親も、根気よく説得したら頼《たの》みを聞いてくれて、一時的だったけど仲が持ち直した。……だからもう一度、幸運を授《さず》けてほしかったんだ」

隠し事を白状して張《は》りつめていたものが切れたのか、燿一郎は力なく椅子《いす》に埋《う》まっている。冷ややかに思えた口調は、感情《かんじょう》があふれ出すのを抑《おさ》えようとしているせいか。

初めて健太は燿一郎に対し共感めいたものを覚えた。

(こいつ、意外と父親思いだったんだ)

母一人子一人で暮らす自分が、母を助け守りたいと願《く》うのと同様に、彼にとっては父親が大事なのだろう。

同情を覚えて口調がやわらぐ。

「それで家政婦《かせいふ》さんが見舞って言ってたんだな。今までずっとオヤジさんについてたのか」

「いいや。いようとは思った。だけどあんな姿《すがた》を見ているとつらくて……看護師《かんごし》がいるから僕のする用事はないし、いたって何もできないし。すぐ出てきて、あとはずっと病院近くの公園にいた。一人になりたかったんだ」

「……バ、バカか、お前はっ！」

思わず立ち上がって健太はどなった。

燿一郎が父親を心から案じているのはわかる、だが行動の方向が間違《まちが》っている。

「そんなことして時間を無駄《むだ》にするんだったら、そばにいてやれよ！　何が『見てるのがつらい』だ、一番つらいのは昏睡状態のオヤジさんだろ⁉」

「それ、は……」

「何もできない、って何だよ。話しかけたり、手を握《にぎ》ってるだけでもいいじゃないか。意識不明の状態でも案外まわりのことはわかってるもんだって、何かで聞いたことがあるぞ。お母さんと連絡がつかないんだろ？　だったらお前がついててやれよ。見てるのがつらいとか言って、独《ひと》りぼっちで寝《ね》かせておく奴《やつ》があるかよ！」

驚《おどろ》いたように目を見開く燿一郎を健太はきつい視線《しせん》で見下ろし、仁王立《におうだ》ちのまま叱《しか》りつけた。

「守れなくなってから後悔《こうかい》したって遅《おそ》いんだぞ‼　運を手に入れることにかまけてる場合か。ただの現実逃避《げんじつとうひ》だ、それは！」

健太の母はセクハラを受けたあげくに職場《しょくば》を追われることを繰《く》り返している。母が嫌《いや》な思いをこらえて仕事をしているのに気がつかなくて、守れなくて、自分はいつも悔《くや》しい思いをしていた。

大事な人を放っておいて、あとになってから悔《く》やんでも遅いのだ。

言葉は意外に強く心に響《ひび》いたのかも知れない。珍《めずら》しく、燿一郎が反論《はんろん》してこない。うなだれるのが見えた。

「それに、きついのを承知《しょうち》で言うけどな。じっくり話したとか根気よく説得できたとかを、真紅のおかげって言ってるけど……要するにお前が普段《ふだん》から意識して人の話に耳を傾《かたむ》けていれば、人間関係は相当改善《かいぜん》すると思うぞ。お前、人の思惑《おもわく》とか評判《ひょうばん》とか全然気にしないし、話聞かねーし。……もうちょっと、人と話し合う態度を身に付けろよ」

一息に言ったあと、柄でもない説教をしたのが面映《おもは》ゆくなって、健太は自分の頭をわしわしと掻き回した。燿一郎が考えこむような神妙《しんみょう》な顔で黙《だま》っているので、余計《よけい》に居心地《いごこち》が悪い。

照れ隠《かく》しに文句《もんく》を言った。

「ったく……捜《さが》すなら捜すで、最初から普通《ふつう》に転校すればよかったんだ。第一もう真紅が見つかってるのに、なんで今日またバイト帰りを誘拐《ゆうかい》しようなんて思ったんだよ」

ふっと燿一郎の表情が揺《ゆ》らいだ。

「バイト帰り？」

「そうだよ、ほんの一時間前に。もう家に帰したって言うなら、まあ、いいけど……」

不意に燿一郎が立ち上がった。大股《おおまた》にサイドテーブルへ近寄《ちかよ》り、手に取ったのは電話だ。

「おい、どこへかける気だ！」

まさかさっき塀《へい》に登っていたことをネタに警察《けいさつ》を呼《よ》ぶ気では、と思った健太は慌《あわ》てた。燿一郎がダイヤルを回しながら言う。

「果林の家だ」

「真紅の？　番号、知ってるのか？」

「果林が僕の捜している相手だとわかった時に、生徒名簿《めいぼ》で連絡先《れんらくさき》を確認《かくにん》した」

燿一郎の眼《め》が不安に似《に》た色をたたえているのに気づき、健太は口をつぐんだ。

コール音のあと通話がつながった。

「もしもし、夜分恐《おそ》れ入ります。十文字と申しますが果林さんはいらっしゃいますか。……そうですか、まだ……いえ、では……ええ、失礼しました」

横で聞いていてもわかる。果林はまだ帰宅《きたく》していない。

受話器を置いた燿一郎に問いかける。

「お前、さっき真紅を家に送ったって言ったじゃないか……」

「学校から帰る時の話だと思ったんだ」

「何だって!?」

健太は愕然《がくぜん》とした。お互《たが》いに勘違《かんちが》いをして喋《しゃべ》っていたのだ。

だとしたら、果林は今どうなっているのか——背筋《せすじ》を冷たいものが伝う。

「雨水、詳《くわ》しく聞かせてくれ。何があった」

「何もへったくれも、さっき真紅が誘拐されたんだ。顔を隠した男に、薬で眠《ねむ》らされたみたいだった。追いかけたけど車で逃《に》げられて……ほんとにお前じゃないのか？」

「僕《ぼく》は果林を誘拐しろなんて命じていない。転校して本人を見つけた以上、わざわざ誘拐させる理由はないから……じゃあ、誰《だれ》が？」

燿一郎が唇《くちびる》を噛《か》んだ。普段《ふだん》の、人を人とも思わない自信家ぶりが影《かげ》をひそめ、不安が顔を覆《おお》っていた。この反応《はんのう》は芝居《しばい》とは思えない。

「……くそっ！」

呻《うめ》いて健太は手で額《ひたい》をぐいとこすった。知らないうちに汗《あせ》がにじみ出ていた。

こんなことなら早く警察へ通報するのだった。すでに一時間以上無駄にしている。

「警察へ知らせよう。俺《おれ》はお前が誰かに命令したんだとばかり思って、まだ通報《つうほう》してないんだ。手がかりがなさすぎたせいもあって……暗くて車種はわからなかったし、プレートが汚《よご》れていてナンバーも読めなかったから。お前の家に来た方が、きっと真紅を早く助けられると……」

「プレートが？」

何かに思い当たったように燿一郎の体がぴくっと震《ふる》える。

「もしかしてその車は白じゃなかったか。えっと、確《たし》か……」

口にした車種は、日本で一番よく売れていると言われる国産車だった。

健太は車のシルエットを思い浮《う》かべた。

「そうかも知れない！　心当たりがあるのか!?」

「佐々木《ささき》の車だ」

「誰だ、それ」

「この屋敷《やしき》に住み込んでいる執事《しつじ》だ。今まで自然公園から椎八場一高の女生徒を誘拐してきて、帰しにいったのも佐々木なんだ。念のために車のナンバープレートを汚して数字を読めなくしていたんだが……」

「どんな奴だ？」

「年は六十すぎ、がっちり型の体格《たいかく》だ。背丈《せたけ》は雨水と同じくらい……かな」

「黒っぽい背広で、誘拐の時は顔を隠すのに目出し帽《ぼう》をかぶったりするのか？」

返事の代わりに燿一郎は、再《ふたた》び電話に手を伸《の》ばして数字を二つ回した。内線電話らしい。だが受話器の向こうではコール音が虚《むな》しく響《ひび》くだけだ。

「部屋にはいない」

いったん通話を切って呟《つぶや》き、別の番号を回した。

「僕だ。佐々木が戻《もど》っているかどうか知らないか？……そうだな。ずっとキッチンにいちゃわからないか。いや、いい。佐々木の携帯《けいたい》にかけてみるから」

横で聞いていた健太は我慢《がまん》できなくなって問いかけた。

「なぜ最初から本人のケータイにかけないんだよ？」

「佐々木は昔者で携帯に慣《な》れないらしい。その辺へ置きっぱなしにしていることが多いんだ。……出るかどうか」

さっきよりさらに焦《あせ》りの色を深めた面持《おもも》ちで燿一郎は言った。予測《よそく》通り、次にかけた電話には誰も出ない。

八回目のコールで諦《あきら》めたのか、燿一郎は受話器を置いて立ち上がった。

「ガレージへ行ってみよう。車があれば、佐々木はこの屋敷の中にいると思う」

「どこにあるんだ、ガレージは？」

「外庭だ」

屋敷を出て前庭を走りながら、健太はふと思いついて燿一郎に尋《たず》ねた。

「おい！　ひょっとしてその佐々木って奴が、女子高生を帰す前につまみ食いしたんじゃないのか？」

「まさか。佐々木は今まで四十年もこの家に仕えてきたんだ。生真面目《きまじめ》で有能《ゆうのう》な執事だ。僕の言いつけを破《やぶ》って、そんな馬鹿《ばか》な真似《まね》をするはずは……」

「だけどその執事が、お前の命令じゃないのに真紅を誘拐したかも知れないんだぞ」

「……」

内門を出て、白い石の内塀に沿《そ》って走る。立木の向こうに四角い平屋建てのコンクリート建《けん》築《ちく》が見えてきた。健太の住むアパートより大きなあの建物が、十文字家の車庫らしい。

燿一郎がリモコンキーを操作《そうさ》した。電動式のシャッターが静かに上がり、中に明かりがついた。

一瞥《いちべつ》して燿一郎が、「あった」と叫《さけ》ぶ。視線《しせん》は端《はし》に停《と》めてある白い国産セダンに向いていた。

「あれが佐々木って奴《やつ》のか？……ところでこんなにたくさんの車、誰が乗るんだ」

健太は不審《ふしん》と反感をまじえた目で燿一郎とガレージ内の車を見比《みくら》べた。燿一郎が使っていた銀白色のベンツの他《ほか》に、リンカーンやジャガーや、健太が名前も知らない外車がずらずらと並《なら》んでいる。

「え？　一人に最低一台は要るだろう？」

「当たり前みたいに言うな。ヤな奴だ」

「父はオフィシャルとプライベートを使い分けるから。あっちのパールグリーンのは母のだし。……この、下品かつ悪趣味《あくしゅみ》な車は、叔父《おじ》の恒夫《つねお》の」

「普通、叔父を呼《よ》び捨《す》てにはしないんじゃないか？」

「嫌《きら》いなんだ。才能もなければ真面目に取り組む責任感《せきにん》もないくせに、大物ぶっておいしいところをつまみたいだけの男だ。会社を二つもつぶしかけたし、奥《おく》さんには暴力《ぼうりょく》を振《ふ》るって逃げ出された。いつも父が尻拭《しりぬぐ》いをしていたんだ。……敬称《けいしょう》を付ける価値《かち》はないね」

吐《は》き捨てる燿一郎を放っておいて、健太は国産セダンの後ろに回ってみた。

「十文字！　これ、真紅を連れ去った車によく似《に》てるぞ」

ナンバープレートの汚れ具合も、後ろから見た自動車のシルエットも、記《き》憶《おく》と合致《がっち》する。

やはり怪《あや》しいのは佐々木という男だ。長年仕えてきた執事への信頼《しんらい》を燿一郎はまだ捨てきれないようだが、状況《じょうきょう》証拠《しょうこ》はすでに充分《じゅうぶん》だった。

佐々木を捜《さが》そう、真紅を助けなければ——そう健太が言いかけた時である。

遠くを、かすかな悲鳴が風に乗って流れすぎたような気がした。

「今、何か聞こえなかったか？」

「え？　僕にはわからなかったが……何の音だって？」

「なんか、悲鳴みたいな」

二人は口をつぐみ、車庫の出口に近づいて外の物音に耳を澄《す》ませた。

やはり聞こえる。やめてとか何とか、女の子の声だ。燿一郎にも今度は聞こえたらしい。

「向こうにあるのは倉庫だ。骨董品《こっとうひん》と呼ぶ価値もないようなガラクタばかりを入れてある。こんな時刻《じこく》に近づく者なんかいるはずないのに……」

それは、どう考えても怪しい。

「行ってみよう！」

二人は走り出した。蹴《け》散《ち》らされた玉砂利《たまじゃり》が庭園灯の光を反射《はんしゃ》して青白く光った。

一方、その少し前、真紅家では母親のカレラが受話器を置いて時計をにらみつけたところだった。

「確かにおかしいわね。もうとっくにバイトは終わっているはずなのに。……杏樹《あんじゅ》。杏樹！」

「なあに、ママ」

いつも通りに人形を抱《かか》えた杏樹が、呼ぶ声に答えてリビングルームに入ってきた。

「果林は、バイトから帰ったら話したいことがあるって言ったのよね？」

「うん。遅《おそ》いね。いつもなら半時間以上前に帰ってきてるはずなのに」

杏樹が窓越《まどご》しの夜空を見上げて言う。

夕方まで厚《あつ》く空を覆《おお》っていた雲は風に運び去られて、和紙をちぎったような薄雲の影《かげ》から細い月が顔を覗《のぞ》かせていた。

煉《れん》が帰ってこないのは珍《めずら》しくもないが、果林がこの時刻《じこく》になっても留守《るす》なのは中学校の修《しゅう》学《がく》旅行以来ではないだろうか。

「バイト先まで迎《むか》えに行ってみるか？」

頬《ほお》を掻《か》いたヘンリーに、カレラは首を振った。

「そんなことをするよりコウモリを飛ばした方が早いわよ」

「なら、あたしが」

杏樹が窓の外へ視線を向ける。声による命令すら必要とはしないらしい。軒下《のきした》や、木のうろに逆《さか》さまにぶら下がっていた黒い影が一斉《いっせい》に飛び立ち、風に翻弄《ほんろう》される凧《たこ》にも似た不安定な動きで四方八方に散らばっていった。

「二、三分でわかると思うわ」

「相変わらず杏樹はコウモリを使うのがうまいね。吸血《きゅうけつ》に目覚めた暁《あかつき》にはどんなすばらしい吸血鬼《き》になってくれるか、楽しみだこと」

末娘《すえむすめ》を眺《なが》めて目を細めたカレラは、溜息《ためいき》をついて額《ひたい》を押《お》さえた。

「果林も、せめてあんたの半分でいいから才能《さいのう》があってくれればねえ。血を吸《す》うんじゃなくて、増《ふ》えた血を送り込《こ》むってのは……人間の記憶も操作《そうさ》できないし」

「まあまあ母さん。一部とはいえ吸血鬼らしい面も、果林にはあったじゃないか」

父がなだめる言葉を口にした時、一匹《ぴき》のコウモリが戻《もど》ってきて窓の外にぶら下がった。

「……ママ!」

杏樹が激《はげ》しい勢《いきお》いで振り返る。いつもは物静かで深い色の瞳《ひとみ》が、驚愕《きょうがく》に丸く見開かれている。

「大変! お姉ちゃんが危《あぶ》ない……!!」

暗い。とても暗い。

(なあに？　何だろ……誰か、いるの……？)

目を開けようとしても、まぶたが重い。ものすごく眠《ねむ》い。

でも起きなければいけないような気がする。目を覚まさなければ、危険《きけん》なことが——。

不意に、腕《うで》を強く上に引っ張られた。

「んっ……！」

果林は小さな呻《うめ》き声をあげた。

しゅ、しゅ、とナイロンのこすれる音がして、手首に紐《ひも》のような物が食い込む。果林は首を振って抗議《こうぎ》した。

「やだ、いたぁい……」

手足がうまく動かないし、舌《した》も回らない。頭はゼリーでも押し込まれたかのように重くよどんでいる。こんなに気分の悪い目覚め方も珍しい。

知らない男の話し声が聞こえた。

「おい、目を覚ますんじゃないか？」

「一回嗅《か》がせただけですから、三十分ほどしかもちません。そろそろ効《き》き目が切れる頃《ころ》でしょう。もう一度使いますか？」

「……いや、このままでいい」

ねっとりと粘《ねば》りつくような口調だった。

「家に帰すわけじゃないからな。起きていてもかまわん。むしろその方が面白《おもしろ》い」

目は開かないけれど感覚でわかる。誰かが自分の体を遠慮《えんりょ》なしに眺《なが》め回している。

(何なの……誰なの？　あたし、いったい……？)

果林は閉《と》じたがるまぶたを懸命《けんめい》に開いて、目の焦点《しょうてん》を合わせようとした。

「……!!」

視界《しかい》に飛びこんできたのは、淫猥《いんわい》な笑いを貼《は》り付けた中年男の顔だった。黄色い歯と黒ずんだ歯茎《はぐき》がむき出しになるほどだらしなく開いた口から、たばこ臭《くさ》い息が漏《も》れて果林の顔にかかる。

果林は絶叫《ぜっきょう》した。

「きゃあああああーっ!!　やめて、寄《よ》らないでっ……いたいっ！」

体を動かして逃《に》げようとしたら、手首にロープがきつく食い入った。

(やっ……な、何？　何がどうなって？)

悲鳴に驚《おどろ》いた男がのけぞって離《はな》れた間に、果林は視線をあちこちと動かした。

カバーの掛《か》かっていないむき出しの蛍光灯《けいこうとう》や、コンクリートの天井《てんじょう》と壁《かべ》が見えた。埃《ほこり》をかぶったピアノやソファや、扉《とびら》の壊《こわ》れた飾《かざ》り棚《だな》などが雑然《ざつぜん》と置いてある様子は、倉庫か物置のようだ。ただし広さが半端《はんぱ》ではない。ちょっとした体育館くらいある。

そして自分は、マットレスだけを乗せた真鍮枠《しんちゅうわく》のベッドに寝《ね》かされていた。

「痛《いた》いっ！　な、何してるの⁉」

頭上に引き上げられた手首をさらに強く引かれ、果林は苦痛《くつう》に叫《さけ》んだ。

「暴《あば》れるから痛いんだ。じっとしていなさい」

自分を覗《のぞ》き込んでいた中年男とは違《ちが》う声がする。

初老の男が果林の両手首をまとめて縛《しば》り、そのロープの端《はし》をベッドヘッドの金属《きんぞく》ポールにくくりつけたところだった。

知らない顔だが、がっちりした体格《たいかく》とダークグレーの背広《せびろ》には見覚えがある。

果林の頭の中を、意識《いしき》を失う直前の記憶《きおく》が駆《か》け抜《ぬ》けた。

（そうだ！　あたし、バイトの帰りに襲《おそ》われて、薬を嗅《か》がされて気を失って……誘拐《ゆうかい》されたんだ!!）

果林をベッドに拘束《こうそく》して、初老の男は一歩しりぞいた。中年男がまた近づいてきて、果林の顔を覗き込んだ。

「やかましい娘《むすめ》だ。まあ、声が聞けるのも楽しみの一つか。薬で眠らせていると反応《はんのう》が今ひとつでなあ。女子高生らしく初々《ういうい》しいところを見せてもらおうか」

目的が透《す》けて見えるような言葉を聞かされ、果林は再《ふたた》び悲鳴をあげた。

「いやーっ！　やめて、ほどいてっ!!　離してくれないと、大声出すから！」

「もう出しとるじゃないか」

あきれたように言ったあとで、中年男はにたにた笑った。

「こりゃ面白いな、時代劇《げき》の悪代官になった気分だ。好きなだけわめけ、どうせ外には聞こえん。誰《だれ》も助けに来るものか。ひっひっひ。……なんだ、佐々木。まだいたのか。もういいぞ」

壁際《かべぎわ》にしりぞいていた初老の男は佐々木というらしい。つい最近聞いた名のような気がするが、思い出せない。

「では、下がらせていただきます」

「そうだな。一時間くらいしたら様子を見に来い」

中年男はもう佐々木には注意を向けず、果林に向き直り、胸元《むなもと》をつついた。

「きゃっ！」

「こらこら、ここは『あーれー』とか『お許《ゆる》しください』と言わんか。そしたらわしが、『よいではないか、よいではないか』と……しかし着物じゃないから独楽《こま》を回すわけにはいかんな。代わりにこうしてやろう」

「ひ⁉」

男の手がサマーカーディガンに伸《の》びた。左右の襟元《えりもと》はボタンではなく、細紐《ほそひも》を結んで合わせるようになっている。

たらこを思わせる太い指がその紐をつまんで、ことさらゆっくりと引っぱる。蝶結《ちょうむす》びがゆるんでいく。

「……やだっ！　やめてやめてやめて、エッチ!!　変態《へんたい》！」

手首を縛ったロープをベッドヘッドにつながれているため、体を起こすことはできない。果林は脚《あし》を思い切りばたつかせた。

「ぐげ！」

自分でも驚くほどの正確《せいかく》さで、蹴《け》りが側頭部に入った。

男が床《ゆか》にひっくり返る。頭を打ったのか、鈍《にぶ》い音がした。

ドアから出ようとしていた佐々木がこちらへ戻《もど》ってきた。中年男を助け起こそうとはしないで、果林の手首を縛った紐がゆるんでいないのを確《たし》かめる。

「大丈夫《だいじょうぶ》ですか、恒夫様」

「ぐぐ……まだいたのか。だったら黙《だま》って見とらんで、押さえるくらいの手助けをせんか！」

「失礼しました。女子高生らしい初々しい反応がお好みかと存《ぞん》じまして」

「ここまで抵抗《ていこう》するとは思っとらんわ！」

恒夫と呼《よ》ばれた中年男が、忌々《いまいま》しそうな顔で起き上がった。コンクリート床は効《き》いたらしく、しきりに頭をさすっていた。

「しかしどうも腑《ふ》に落ちん。……ブスでもないが美人でもない、ワルそうでもないがお嬢様《じょう》でもない。要するにどことい って目立つところのない、ありふれた女子高生じゃないか」

けなされている。

むっとした果林の耳に、意外な名前が飛びこんできた。

「本気で燿一郎の奴《やつ》は、この娘を『幸運の女神《めがみ》』だなんて思っているのか？」

「燿一郎……十文字さんのこと⁉　誰なの、どうして十文字さんがあたしをそう言ってたことを知ってるの！」

思わず問いかけたら、恒夫が厚《あつ》ぼったい唇《くちびる》を引き歪《ゆが》めて笑った。

「燿一郎はわしの甥《おい》だ」

果林は目を瞠った。つまりこの男が、燿一郎が酷評《こくひょう》し大嫌《だいきら》いだと言っていた叔父《おじ》らしい。

ついでに佐々木の名をどこで聞いたかも思い出した。

「じゃ、もしかして、あなたは十文字さんの家の執事《しつじ》の……」

「ほう。佐々木、お前の話を聞いていたらしいぞ」

つまり燿一郎の叔父恒夫と、執事の佐々木が手を組んで、果林を誘拐したということか。

「ど、どうしてこんなことを……十文字さんはあなたを、運転手さんと並《なら》んで一番信用してるって言ってたのに！」

佐々木が困《こま》ったように溜息《ためいき》をついた。

「そういうところが燿一郎様は甘《あま》いのですよ。……十年後、いやせめて五年後ならともかく、今の燿一郎様では旦那《だんな》様のあとを継《つ》いで十文字グループを維持《いじ》するのは無理と思いましてねえ。

ここらでまとまった金額《きんがく》をつかんで引退《いんたい》したいと思い、恒夫様につかせていただきました。……燿一郎様は頭のいいお方ですが、いかんせん世間を知らなさすぎる」

佐々木の燿一郎評を聞き、恒夫が不快《ふかい》そうな表情《ひょうじょう》になった。

「何が頭がいいものか。『幸運の女神』なんて夢物語《ゆめものがたり》に頼《たよ》る甘っちょろいお坊《ぼっ》ちゃんだ」

「さようでございますな」

逆《さか》らわずに受け流して佐々木は補足《ほそく》した。

「甘いのは確かです。私の言うことはすぐに信じてしまわれる。真紅果林さんでしたな、あなたを捜《さが》したいとおっしゃった時も、私が『庶民《しょみん》には心根のよくない者が多いから、むやみに関《かか》わると十文字家の不名誉《ふめいよ》になる』と申し上げたのを素直《すなお》に信じて、公園を通る女子高生を誘拐するというやり方に同意なされましたからな」

「やっぱり、あの連続誘拐には十文字さんが関わってたの……⁉」

予感的中だ。嬉《うれ》しくも何ともないけれど。

「ぐはははは、そうとも。あの馬鹿《ばか》め、まんまとわしの策《さく》に乗せられたわ。自分が連続誘拐と婦《ふ》女暴行《じょぼうこう》の主犯《しゅはん》にされるのも知らずにな」

恒夫がたるみきった頬《ほお》の肉を揺《ゆ》らして笑う。燿一郎が叔父を嫌うのと同様に、恒夫もまた甥を嫌っているらしい。

「佐々木が連れてきた女子高生は、帰す前にわしがつまみ食いさせてもらったぞ。燿一郎は無《む》傷《きず》で帰したとばかり思いこんでいたらしいが」

「で、でも、たばこ臭《くさ》い中年に抱《だ》きしめられたなんて、誰も言ってなかった……！」

果林は夢中《むちゅう》で口走った。だからこそ自分は燿一郎を疑《うたが》ったのに。

佐々木が頷《うなず》いた。

「麻酔薬《ますいやく》の効《き》き目が切れてきて半分目が覚めかけた頃合《ころあ》いに、燿一郎様が抱きしめて確かめるよう調整しておりましたので。恒夫様のところへお連れする前にもう一度念入りに薬を吸《す》っていただきましたから、そのあとでは誰に何をされてもわからなかったでしょうな。衣服や体に違和《いわ》感は残ったでしょうが」

だから被害者《ひがいしゃ》は本当の暴行犯である恒夫のことをまったく覚えていなかったのだ。

「いい計画だろう。いやぁ、わしの痕跡《こんせき》を残さんように気を遣《つか》ったぞ。それに十万円ももったいなかった。しかし燿一郎の命令と食い違《ちが》いがあってはいかんのでな。……ただ、誰も警察《けいさつ》に届《とど》けんのは誤算《ごさん》だった。予定ではとっくの昔に、あいつは警察につかまっているはずだったのに」

二人の話を果林は頭の中で整理した。

佐々木の言葉に乗せられた燿一郎は、自然公園を通る一高の女生徒を誘拐して屋敷《やしき》に連れてくるよう命じた。けれど彼はただ抱きしめて『幸運の女神』かどうかを確かめただけだ。そのあとは迷惑《めいわく》をかけた詫《わ》び料を鞄《かばん》に押《お》し込《こ》み、無事に帰らせた――と燿一郎は思っていたのだろう。

しかし事実は違う。

再《ふた》び薬を使われた女子高生は、意識《いしき》のない状態《じょうたい》で恒夫に暴行されていた。

「そうやって、罪《つみ》は全部十文字さんに着せるつもりで……」

忌《い》まわしさに果林の声が震《ふる》えた。

燿一郎の性格《せいかく》をある程度《ていど》知っている自分でさえも、彼が犯人かも知れないと怪《あや》しんだくらいだ。

街角に捨《す》てられて意識を取り戻した被害者には、服を脱《ぬ》がされ他人の手でまた着せられた痕跡と、自分を抱きしめた燿一郎のおぼろげな記憶《きおく》だけが残っている。恒夫の意図通りに、燿一郎こそ犯人と思いこむ可能性《かのうせい》は充分《じゅうぶん》だった。

恒夫が自慢《じまん》げに胸《むね》を張《は》った。

「そうとも。これであいつは社会的に抹殺《まっさつ》されたも同然、財産《ざいさん》管理はわしがすることになる。十文字グループはわしの物だ。……だいたい二ヶ月眠《ねむ》ったきりの兄貴《あにき》が今さら回復《かいふく》することなどあり得《え》んのだ。なのに誰もわしを新しい会長に推《お》さないのはどういうわけだ？　燿一郎を臨《りん》時《じ》の会長代行にとか言い出す奴までいる。高校生のガキにわしが劣《おと》るというのか。許《ゆる》せん」

恒夫は不満そうに鼻を鳴らしたが、すぐニタニタ笑いに顔を切り替《か》えた。

「だが今度こそあいつは警察行きだ。甘やかされた坊ちゃんなら、女にフラレて逆上《ぎゃくじょう》したあげく首を絞《し》めるってのもありそうなことだろう、んん？」

「ひどい……」

果林は茫然《ぼうぜん》と呟《つぶや》いた。卑劣《ひれつ》な計画に胸が悪くなる。

煋一郎は執事の佐々木を信じているのに。

偶然《ぐうぜん》かも知れないと自分でも言いながら果林を捜し、幸運を授《さず》けてほしいと願っていたのは、医学が及《およ》ばない父の病状が回復するよう願ってのことだったのに。

その思いを踏《ふ》みにじり、無関係な女子高生達を道具に使って、この二人は煋一郎に犯罪者《はんざいしゃ》の濡《ぬ》れ衣《ぎぬ》を着せようとした。

「ひどいよ、ひどすぎる。十文字さんが、可哀想《かわいそう》じゃない……！」

果林は恒夫達を見上げて抗議《こうぎ》した。両眼《りょうめ》に涙《なみだ》がにじんでくる。奸悪《かんあく》な二人への怒《いか》りなのか、煋一郎を可哀想に思ってなのかは自分でもわからない。両方かも知れない。

「んー？　泣いとるのか？」

恒夫が楽しそうに笑って果林の頬をつつく。果林は短い悲鳴をあげて顔をそむけた。

「いやいや、感動的だ。煋一郎に伝えてやりたいところだよ。ガールフレンドは自分がどうなるかの心配もせず、お前を憐《あわ》れんで泣いていたとな」

「……あたし？」

ぎくっとした。

忘《わす》れていたが、自分の身も危《あぶ》ないのだった。今まで誘拐《ゆうかい》された女子高生は全員、眠らされた上で恒夫に暴行《ぼうこう》され――。

「ち、ちょっと待って。どうしてあたしだけは眠らせないの？　おまけに、事件《じけん》の真相を喋《しゃべ》って聞かせるのはなぜ？」

引きつりながら果林は尋《たず》ねた。

そういえばさっき、首を絞めるとか言っていた気がする。

「知りたいか？……見当は付いとるんじゃないのか？」

極悪人《ごくあくにん》の役柄《やくがら》に酔《よ》ったように、恒夫が舌《した》なめずりをして宣言《せんげん》した。

「気の毒だが、死んでもらう」

「いやぁあーっ！　やだやだやだ、それやめて、勘弁《かんべん》して！　助けて、誰か来てぇ！」

叫《さけ》んだところで誰も来ないとは言われていたが、殺すとはっきり言われては叫ばずにいられない。

「やかましい！」

衝撃《しょうげき》と共に視界《しかい》が大きく揺《ゆ》れる。頬骨《ほおぼね》が熱く疼《うず》く。目を開けていられない。

殴《なぐ》られたと理解《りかい》するまで、数秒かかった。

（あ……この人達、本気で、あたし、を……）

何のためらいもなく振《ふ》るわれた暴力は果林にはっきりと教えた。彼らは間違いなく、自分を殺す気だ。

恒夫の声が聞こえた。

「お喋りばかりしているわけにもいかん。時間がもったいない」

「きゃ⁉」

膝《ひざ》を上から押さえられ、果林は慌《あわ》てて目を開けた。跳《は》ね起きようとしたが、手首をくくられているのを忘れていた。ロープに引っ張られて、仰向《あおむ》けに倒《たお》れ込んでしまう。

その隙《すき》にベッドへ上がった恒夫が、果林の脚《あし》の上に馬乗りになった。

「あっ、やだ！　やめて‼」

「騒《さわ》ぐな、また殴られたいか！」

さっきの蹴《け》りがよほどこたえたらしく、恒夫は自分の体重で果林の脚を押さえつけた。卑猥《ひわい》な笑《え》みを顔中に広げて、果林を見下ろす。

「もういいぞ、佐々木」

「は、では一時間ほど後に」

佐々木の足音が離《はな》れていく。

「やめ、て……」

果林は喘《あえ》いだ。再び涙《なみだ》がにじんだ。

（いや……怖《こわ》い、よ……）

こんないやらしい中年男に乱暴《らんぼう》されて、殺されてしまうなんて——。

(誰か助けて……パパ、ママ、杏樹……お兄ちゃんでもいい……)

家族の顔が頭の中をぐるぐる回る。それに混《ま》じって、なぜか雨水健太の顔も浮かんだ。

どくんっ、と心臓《しんぞう》が鳴った。

(助けに来て……!!)

手足が震《ふる》える。恐怖《きょうふ》のせいか、胃が絞《しぼ》り上げられるように痛《いた》んで、吐《は》き気《け》がこみ上げてくる。

心臓の音が大きく、激《はげ》しくなり、体の外まで聞こえそうだ。

(……え？)

殴られた頬の熱が、体中に広がっていく。全身が熱い。どくん、どくん、と血管が脈打って、息が荒《あら》くなって——。

(ち、ちょっと待って、まさか……!?)

まさか、とは考えたものの、自分でもわかっている。この感覚は、あれだ。

増血《ぞうけつ》している。

(な、な、なんで!?　こんな時にって、冗談《じょうだん》でしょ！)

恒夫のせいではないはずだ。自分の脚の上にまたがっているこの中年男からは、果林の本能《ほんのう》を刺激《しげき》する『不幸』の要素《ようそ》は一ミリグラムも感じられない。

だが果林自身は先ほどから驚《おどろ》いたり怒《おこ》ったり同情《どうじょう》したり怯《おび》えたり、感情値が乱高下している。

おそらくその興奮《こうふん》に引っ張《ぱ》られて、薬で眠《ねむ》らされたために一時停止していた増血が、また始まってしまったのだ。

「ち、ちょっと待って！　待ってっ!!　お願い、ほどいて！　今ダメ、ヤバイ！」

果林は自由にならない手足を精一杯《せいいっぱい》ばたつかせて叫んだ。

今までより格段《かくだん》に切羽《せっぱ》詰まった表情を見て、カーディガンに伸《の》びかけていた恒夫の手が止まる。

「お……お願いっ、触《さわ》らないで！　ダメなの、ダメっ……が、我慢《がまん》できなく、なっちゃう……あふれちゃうから……お願い、ロープをほどいて!!」

果林は必死に頼《たの》み込んだ。これだけの言葉を発するのさえ苦しく、合間に荒い息が混じる。

顔は紅潮《こうちょう》しきっているに違《ちが》いない。

恒夫が顔をしかめた。

「あふれるって……小便か？」

「ちちち、ちーがーうー!!」

果林は身をよじって叫んだ。なぜこう恥《は》ずかしい方向へ誤解《ごかい》されるのだろう。

「違うけど、ほどいてぇ！　このままだと、あたしっ……!!」

目の前が霞《かす》んできた。胸《むね》の鼓動《こどう》はさらに高まり、どくどくどくどくと途切《とぎ》れ目なしに打ち続けている。

熱い。全身が熱い。

「……ふん」

果林に馬乗りになったままの恒夫が、歯をむきだして笑った。

「何のことかわからんが、お漏《も》らしでないなら問題ないわい。ふふん、顔を真っ赤にして目を潤《うる》ませおって……普通《ふつう》の女子高生と思っていたが、そういう顔をするとなかなか色っぽいぞ？」

「そんなんじゃないんだってばっ！　お願いだから離《はな》れて……あ、いやっ!!」

カーディガンの紐《ひも》が引っ張られて解《ほど》ける。中に着ているワンピースは、襟元《えりもと》からウェストまでを前ボタンで留《と》めるデザインだ。そのボタンに男の指がかかる。

「やだ、やめてっ……あ、あぁ、んっ……ひぃ、あっ……!!」

荒い息を吐いて、果林は激しく身をよじった。もうまともな言葉が出ない。

（やだ、恥ずかしいっ……あ、あっ、もう限界《げんかい》……！）

一番上のボタンが外された。同時に頭の芯《しん》が、どくん、と大きく脈打った。

（く、来る、来ちゃう！……もう、だめえええっ!!）

5　増血鬼は幸運の女神《めがみ》

「なんでお前ん家《ち》の庭はこんなに広いんだよ！　ハイキングコースでも作る気か⁉」

息を切らして走りながら健太《けんた》は叫《さけ》んだ。

樹木《じゅもく》の多さは庭というより森林公園といった方が近い。燿一郎《よういちろう》の案内で、玉砂利《たまじゃり》が敷《し》いてあった広い通路を外れ木立の間を縫《ぬ》って走っているが、倉庫らしい建物はいっこうに見えてこなかった。

「木が多くて僕《ぼく》は好きだ」

「お前の好みなんか訊《き》いてない……はぁ……倉庫ってのは、どこだよ、畜生《ちくしょう》」

「もうすぐだ。ほら、あの四角いシルエットが屋根……」

不意に燿一郎が言葉を切った。

指さした方向から、人影《ひとかげ》がこちらへ向かって歩いてくる。

肩幅《かたはば》の広いがっちりした背格好《せかっこう》に見覚えがあると感じた瞬間《しゅんかん》、健太の脚は地を蹴《け》っていた。

燿一郎を追い抜《ぬ》き、人影につかみかかる。

「お前だ！　間違いない、お前が……‼」

不意を突《つ》かれた佐々木《ささき》が地面に転がった。健太は飛びかかり、襟元を締《し》め上げて詰問《きつもん》した。

「真紅《まあか》をどうした！　今どこに……あぐっ⁉」

天地が回転する。何が起きたのかわからないうちに健太は肩《かた》の関節を決められ、地面に顔をすりつけた状態《じょうたい》で押さえ込まれていた。

（こ、こいつ、柔道《じゅうどう》か何かやってやがる……‼）

これならば年を食っていても、女子高生に騒《さわ》ぐ隙《すき》も与《あた》えず誘拐《ゆうかい》できたに違いない。

「厄介《やっかい》な子供《こども》だ。どうやってこの屋敷《やしき》に入った？」

「うあぁっ！」

佐々木が健太の腕《うで》をさらに逆《ぎゃく》へひねる。

「……やめろ、佐々木！」

追いついた燿一郎が叫ばなければ、肩を脱臼《だっきゅう》させられていたかも知れない。

「燿一郎様」

「その手を離《はな》せ。僕の知り合いだ。……離せと言っている」

佐々木が手をゆるめた。健太は右肩を押さえて立ち上がり、後ずさった。二度と不用意にこの男には近づくまいと思った。

燿一郎は険《けわ》しい表情で問いかけた。

「な、何だ、貴様《きさま》⁉」

「佐々木。お前は僕に嘘《うそ》をついたのか」

「何のことでしょうか」

「誘拐した女の子達をどうした？　今日の夕方、僕がお父さんの見舞《みまい》に行っている間、何をしていた？……果林《かりん》をどうしたんだ、お前は⁉」

「女子高生は慰謝料《いしゃりょう》を与えて帰らせました。今日の夕方は、十文字家《じゅうもんじけ》が保有《ほゆう》する土地の管理のため、桜内の山林調査《ちょうさ》に行っておりました。果林というのは昨日燿一郎様がおっしゃっていた女生徒ですな。私は存《ぞん》じませんが……何か変わったことでもございましたか？」

佐々木は顔色も変えない。答えにもよどみはなかった。

燿一郎は佐々木をにらみ据《す》えた。

「そうか、桜内へ……じゃあお前の車の走行距離《きょり》を調べてもいいな？」

佐々木の目が見開かれる。言い訳《わけ》の不備《ふび》を突かれたことを悟《さと》ったらしい。

「いや、実は車は……。あ、いえ、どうぞ。お調べください」

燿一郎が執事《しつじ》の車の走行距離まで覚えているはずはないと、健太は思った。引っかけるためのはったりだろう。佐々木もそう気づいたらしく表情《ひょうじょう》を取り繕《つくろ》ったが、もう遅《おそ》い。一瞬見せた動揺《どうよう》が、充分《じゅうぶん》な証拠《しょうこ》だった。

「これ以上嘘をつくな、佐々木！　本当のことを言え！」

どなったあと燿一郎はわずかにうつむいた。信用していたのに、という呟《つぶや》きが聞こえた気がした。その心情はわかるが、今は果林の行方《ゆくえ》を聞くのが先だ。

だが、健太が口を開きかけた時だった。

「……ぐぎゃぁあああああーっ！」

踏《ふ》みつぶされるイボガエルのような絶叫《ぜっきょう》が聞こえた。驚愕《きょうがく》に歪《ゆが》みきっている。

倉庫からだ。果林の声とは違《ちが》うが、無関係とは思えない。

(真紅！)

健太は駆《か》け出した。佐々木に構《かま》っている暇《ひま》はなかった。

木立に隠《かく》れていたコンクリート造《づく》りの建物が、意外な近さで現《あらわ》れた。窓《まど》から明かりが漏れている。誰《だれ》かが中にいる。

「真紅、いるのかっ⁉」

ドアに飛びつき、叩《たた》きつけるように開く。血のにおいが鼻を刺《さ》す。

「ま……？」

健太の顎《あご》が、かくんと落ちた。

だだっ広い倉庫の一隅《いちぐう》、古ぼけたベッドに拘束《こうそく》されてもがいている果林と、その上に馬乗りになった中年男――だけなら、まだ予想の範囲《はんい》内だった。

が、健太が見たのは鼻血の噴水《ふんすい》だ。

消火栓《せん》の放水にも似《に》た凄《すさ》まじい勢《いきお》いで、果林が鼻血を噴《ふ》き上げている。

馬乗りになっていた男は顔面に直撃《ちょくげき》を受けたらしい。顔中が血で染《そ》まり、乏《とぼ》しい髪《かみ》から赤い滴《しずく》がしたたった。

「な、な、なんだ、これは!……うぎょ⁉」

のけぞった拍子《ひょうし》にバランスを崩《くず》してベッドから転がり落ちる。

燿一郎が追いついてきて健太の横から中を見た。

「雨水っ、ど……」

言葉が出なくなったらしい。目を丼《どんぶり》ほどの大きさに見開いて絶句《ぜっく》している。

噴き上がる鼻血の勢いが弱まるのを見て、健太は我《われ》に返った。倉庫内に飛びこんだ。

「真紅、大丈夫《だいじょうぶ》か⁉」

以前にも一度、果林が尋常《じんじょう》でない量の鼻血をこぼすのを見ているだけに、他の者よりは冷静さを取り戻《もど》すのが早い。

「どけ、このエロオヤジ!」

起き上がろうとした中年男を突《つ》きのけた。果林を襲《おそ》っていた男だと思うと、つい腕に力が入る。男は顔から床《ゆか》へ突っ込《こ》んだ。

それには目もくれず血だまりを踏《ふ》み越《こ》えてベッドに駆け寄《よ》り、健太は果林を揺《ゆ》さぶった。

「う……すい、くん……?」

「大丈夫か、無事なのか!　おい!」

顔中血まみれの果林が、不意に涙《なみだ》ぐんで、顔から首筋《くびすじ》まで真紅《しんく》に染《そ》める。

「やだ、恥《は》ずか、しい……こんな、鼻血まみれの格好……」

それどころじゃないだろう、と思ったが、以前に鼻血をこぼした時もやたら恥ずかしがっていたから、果林には重大なことなのかも知れない。

服を着たままだから、どうやら間に合ったようだ。妙《みょう》な真似《まね》はされていないらしい。健太は果林の手を縛《しば》ったロープをほどこうとした。

後ろでわめく声がした。

「こ、この小僧《こぞう》！　誰の許可《きょか》を得てこの屋敷に入った⁉　よくもわしを突き飛ばしたな、ただですむと思うのか！」

振《ふ》り向いた健太が言い返すより早く、

「ふざけるな。お前こそ、この屋敷で随分《ずいぶん》な真似をしてくれたな」

入り口から冷え切った声が飛んだ。燿一郎が倉庫に入ってきた。怒《いか》りのあまりか、顔は血の気を失って青ざめている。

「燿一郎……お、叔父《おじ》に向かってその口の利《き》き方は何だ！」

「お前なんかが叔父だと思うと吐《は》き気《け》がする。……果林、大丈夫なのか？　救急車を呼《よ》んだ方がいいんじゃ……」

燿一郎は果林に視線《しせん》を向けて携帯《けいたい》電話を取り出した。

「だい、じょうぶ……お願い、人は呼ばないで……」

弱々しく首を振る果林を見て、健太は言い添《そ》えた。

「真紅は血が増《ふ》える病気らしいんだ。時々こうやってあふれるって……あとで貧血《ひんけつ》にはなるけど、心配はないらしい」

「そうか」

燿一郎が頷《うなず》いた。だが携帯電話をポケットにしまおうとはしない。

「じゃあ、呼ぶのは警察《けいさつ》だな」

「な、な、何ぃ!?」

目をむいた叔父の恒夫《つねお》に向かい、燿一郎は再《ふたた》び冷たい口調に戻って言い放った。

「やっとわかったよ。佐々木は僕を裏切《うらぎ》ってお前についていたんだ。誘拐《ゆうかい》なんて非合法《ひごうほう》なやり方を勧《すす》めたのもそのせいだ。堅物《かたぶつ》の佐々木が女の子達に乱暴《らんぼう》するとは思えなかったけど、お前ならわかる。色と欲《よく》の一石二鳥を狙《ねら》ったんだろう？　父が入院中で母がいない今のうちに、僕に連続婦女《ふじょ》暴行の罪《つみ》をかぶせて追い払《はら》って、自分が十文字グループの会長に就《つ》こうと……」

床に座《すわ》り込んだままの恒夫の前に歩み寄り、燿一郎は一瞬《いっしゅん》目を逸《そ》らして顔を伏《ふ》せた。かなり離《はな》れた健太の位置からでも、唇《くちびる》を噛《か》んだのがわかった。

いくら嫌《きら》っているとはいえ実の叔父にこうまで悪辣《あくらつ》な手を使われたのは、ショックだったのかも知れない。

「果林を誘拐したのはとどめの一手のつもりか？　だけど、ここまでだ」

耀一郎の手が携帯電話を開くのを見て、恒夫がうろたえた声を絞《しぼ》り出した。

「おい……ま、まさか本気で警察に言う気か？　そんなことをしたら、お前が誘拐を命令したこともばれるんだぞ」

「佐々木の言葉に乗せられた僕が馬鹿《ばか》だったんだ。自分がしたことの責任《せきにん》は取る」

「くそっ……このガキ！」

逆上《ぎやくじよう》しきった恒夫が跳《は》ね起き、つかみかかる。だが肥満体《ひまんたい》のため動きが鈍《にぶ》い。耀一郎は軽くかわして足を引っかけた。

恒夫が床に平べったくなる。

「雨水、とにかく果林を」

「あ、ああ」

耀一郎と恒夫の争いに気を取られていた健太は、再び果林に視線を戻した。

（……あ、気絶してる）

例によって貧血を起こしたらしい。横を向き目を閉《と》じてぐったりしていた。

耀一郎が恒夫を牽制《けんせい》しているので安心して、健太は果林を縛るロープをほどき始めた。

「ハサミかナイフか、持ってないか？」

固い結び目に手こずりながら健太が尋《たず》ねた時だった。

背後《はいご》で、風を巻《ま》いて誰かが走り込んでくる気配がした。驚愕《きょうがく》にこわばった呻《うめ》き声が上がり、すぐ途切《とぎ》れる。

「⁉」

振り返った健太の目に、後ろから燿一郎の喉《のど》に腕《うで》を回して絞《し》め上げている佐々木の姿《すがた》が映《うつ》った。

手を離された燿一郎の体が崩《くず》れ落ちる。

「お、お前、何を……十文字！　おい、十文字！」

大声で呼びかけても、燿一郎はうつぶせに倒《たお》れたまま動かない。完全に意識《いしき》を失っているようだ。

佐々木は表情《ひょうじょう》に乏《とぼ》しい顔のまま、ゆるく首を振った。靴《くつ》を脱《ぬ》いで足音を消し、背後から燿一郎に近づいて絞め落としたらしかった。

「考えたのですが、やはりここまで来ると、恒夫様の味方という立場を押《お》し通すしかないと思いましてねえ。……私が裏切《うらぎ》ったことを悟《さと》りながら、黙《だま》ってうなだれてみせればそれで安心して背後の用心を怠《おこた》るあたりが、どうにも燿一郎様は甘《あま》くていけません」

ベッドの横に膝《ひざ》をついていた健太は、慌《あわ》てて立ち上がったが、向かっていくことはできなかった。年だからといって佐々木をなめてかかるとひどい目に遭《あ》うことは、充分《じゅうぶん》わかっている。下手《へた》をすれば燿一郎の二の舞《まい》だ。

「は、ははははは……よくやったぞ佐々木！　礼金は一割《わり》、いや、二割増《ま》しにしてやる」

　恒夫が元気百倍といった様子で起き上がった。

「倍額《ばいがく》いただきましょう。それと、手を下すのは主謀者《しゅぼうしゃ》の恒夫様にお願いいたします」

「な、何だと？」

「お聞き入れいただけないなら私は帰ります。恒夫様お一人で後始末をなさってください」

　恒夫は自分より背《せ》の高い健太に目をやり、急いで首を振《ふ》った。

「わかった、言うとおりにする。するから、あのガキを取り押さえてくれ。あいつはわしを突《つ》き飛ばしたんだ。痛《いた》い目に遭わせてやれ」

　佐々木が頷《うなず》いた。

　健太の背筋《せすじ》を氷水が流れた。体温が下がる。

　主の燿一郎を絞め落として気絶させるという荒《あら》っぽい手段《しゅだん》を取った以上、佐々木が自分達を無事に帰すわけはない。

　声がうわずった。

「お、俺《おれ》や真紅を、殺す気か……？」

「燿一郎様もな。女の取り合いで争ったあげく、つい手に力が入りすぎて——という形だ。何をしたのかわからんが、あの大量の血も、そう言ってごまかすとしよう」

　佐々木が無表情にゆっくりと近づいてくるのを見ながら、健太はベッド際《ぎわ》から動けなかった。

逃《に》げたくとも佐々木は入り口側から近づいてくるし、奥《おく》にあるのは換気《かんき》用の小窓《こまど》だけだ。第一、気を失った果林を見捨《みす》てて逃げ出すことなど絶対《ぜったい》にできない。

だが、打つ手は何もない。

(くそっ、どうにもならないのか……!)

悔《くや》しさに健太が歯噛みした、その時だった。

開けっぱなしの出入り口に、大小二つの人影《ひとかげ》が舞《ま》い降《お》りた。

(何⁉)

――そう、二つの影は地上を近づいてきたのではない。高い木の梢《こずえ》から舞い降りたのだ。

次の瞬間《しゅんかん》、戸口から無数の黒い鳥が飛びこんできた。いや、凧に舞う凧《たこ》のような不安定な動きは、鳥のものではない。コウモリだ。こちらへ向かってくる。

「うわっ!」

「何だ、これはっ……⁉」

振り回す手をかいくぐり、コウモリが恒夫や佐々木の顔に張《は》り付いた。二人の体が、糸を切られた操《あやつ》り人形のように倒れる。

だが健太はそれ以上見ることができなかった。

コウモリの一匹《ぴき》が健太にも向かってきたからだ。黒い羽根が視野《しや》を塞《ふさ》いだ瞬間、意識もまた暗転した。

健太の体が力を失って床《ゆか》にくずおれた。

全員が気を失ってしまうと、飛び回っていたコウモリは誰かに命じられでもしたかのように戸口に戻《もど》っていった。

やがて、二つの影が倉庫の中に入ってきた。

ワインレッドのカクテルドレスに身を包んだ艶麗《えんれい》な女と、黒サテンのドレスをまとった愛くるしい少女——カレラと、杏樹《あんじゅ》だった。数匹のコウモリがそばを舞っている。

「わぁ、すごい血のにおい……お姉ちゃん、噴《ふ》いちゃったんだ」

杏樹が鼻を押さえた。

ベッドに近づいたカレラは、果林の手首を縛《しば》っていたナイロンロープを、長く伸《の》ばした爪《つめ》を閃《ひらめ》かせて断《た》ち切った。

「果林！　大丈夫《だいじょうぶ》なの、果林！」

揺《ゆ》さぶられた果林がうっすらと目を開ける。数度瞬《まばた》きしたあと、その瞳《ひとみ》から大粒《おおつぶ》の涙《なみだ》があふれた。

「ママ……!!」

「どうにか間に合ったみたいね。大丈夫かい、変な真似《まね》はされてないだろうね？」

果林がカレラにすがりつく。

「うわぁあああん、ママぁ！……怖《こわ》かった、恥《は》ずかしかった……もうダメかと思ったよぉ!!

ママーっ！」

「……ほんと、世話の焼ける子だこと。高校生にもなって、もっとしっかりおし」

叱《しか》りながらも声に安堵《あんど》の気配をにじませて、カレラが果林の背を軽く叩《たた》いた。果林がハッとして周囲を見回す。

「あ……そう言えば、雨水君は？　あたしを助けに来てくれたの」

「眠《ねむ》らせたよ」

簡潔《かんけつ》に答えたのは杏樹だ。もう一度コウモリを飛ばし、床に倒れている四人全員の頭に留まらせて、母親に目を向けた。

「お姉ちゃんがここにいたって記憶《きおく》を消せばいいよね？」

「そうだね。そっちの高校生は一度記憶操作《そうさ》を破《やぶ》ってるから、特に念入りにね。……ほら、いつまでもしがみついてるんじゃないよ」

果林を押しのけたカレラは恒夫に歩み寄《よ》ってかがみ込んだ。

「嘘《うそ》つきの気配がぷんぷんする。せっかくここまで出かけてきたんだから、食事くらいしなきゃ」

呟《つぶや》く鮮《あざ》やかな緋色《ひいろ》の唇《くちびる》から、長く鋭《するど》い牙《きば》が覗《のぞ》いた。

カレラは気絶している恒夫の襟髪《えりがみ》をつかんで引き起こし、喉《のど》に食らいついた。すぐに唇を離《はな》す。

「……ダメ。甘《あま》い。大物ぶりたいための、後先考えずにつく嘘。味に深みがない。物足りない。しかも血そのものが甘くて脂《あぶら》っこい。血糖値《けっとうち》とコレステロールが高すぎ」

ボロカスにけなしたわりには、再《ふたた》び噛《か》みついてたっぷりと啜《すす》った。

「あー、まず。さて、もう一人はどうかしら」

健太の前を素通《すどお》りしたカレラは、佐々木を引きずり起こして、喉に牙を立てた。今度はそのまま飲み続ける。

数十秒後、カレラは上唇に付いた残滓《ざんし》を舌《した》で舐《な》め取り、感想を述《の》べた。

「……うん、こっちはかなりイケる味だった。嘘がいい感じに発酵《はっこう》してる。もうちょっとキレがよければ、いうことなしだったんだけど」

手を離された佐々木の頭がコンクリートの床に落ちる。それには構《かま》う気配も見せず、カレラは果林達の方を振り返った。

「さあ、他の人間が来ないうちに帰るわよ」

果林が不安のにじむ視線を母親に向けた。

「でもママ、大丈夫かなぁ。雨水君や十文字さんをこのまま置いていったら……」

「心配ないわよ、お姉ちゃん。ママはそのためにたっぷり吸血《きゅうけつ》したんでしょ。早く帰らないと、記憶を消したのが無駄《むだ》になるよ」

杏樹が微笑《びしょう》して促《うなが》したので、果林もそれ以上は言わなかった。

そして、三人が倉庫から姿《すがた》を消した数分後である。床に落ちていた燿一郎の携帯《けいたい》電話が鳴り始めた。健太が目を覚まし、頭を起こして周囲を見回した。

「……うるさい、なあ……電話？……あぁっ！　何だ、これ!?」

うろたえたのは、床の血だまりと、その上へ倒《たお》れたため真っ赤に染《そ》まった自分の服を見たからだ。

「何だろう、こんなに血が……俺、どこも、怪我《けが》してないよな……？」

わけがわからなかった。

健太が茫然《ぼうぜん》としている間も電話は鳴り続けている。

うつぶせに倒れていた燿一郎が低く呻《うめ》いた。意識《いしき》を取り戻したらしい。肘《ひじ》をついて体を起こし、携帯電話に手を伸ばした。

その姿を見ながら健太は何があったのかを思い出そうとした。

確《たし》か、攫《さら》われた果林を捜《さが》して倉庫に来たのだった。途中《とちゅう》で佐々木と出くわして取り押さえられたが、燿一郎が止めた。その時、男の悲鳴が聞こえて、自分は倉庫に駆《か》けつけ——そして何があったのだろう。

床には燿一郎の叔父《おじ》と佐々木が倒れている。二人とも血の気の失《う》せた顔で白目をむいていて、すぐには目を覚ましそうもなかった。

「はい……」

　燿一郎が気だるそうな声で電話に向かって答えるのが聞こえた。

「ああ、僕《ぼく》だ……え？……何だって!?」

　いきなり大声を出したかと思うと、跳《は》ね起きる。電話の内容《ないよう》がよほど重大なことだったらしい。

「わかった、すぐ屋敷《やしき》に戻《もど》る！　今倉庫にいるんだ、五分ほどかかる。……え？　何でって……そういえば、なぜ僕は倉庫になんか……いや、何でもない。詳《くわ》しい話はあとだ！　とにかく待ってもらえ!!」

　叫《さけ》んで通話を切った。

「どうしたんだ？」

　健太は問いかけた。燿一郎が驚愕《きょうがく》と興奮《こうふん》の覚めない顔で振《ふ》り返る。

「母から国際《こくさい》電話がかかっているんだ。ずっと連絡《れんらく》が取れなかったのに。早く戻らなきゃ。だけど、僕らはここへ何をしに来たんだ……？」

「お前も覚えてないのか？」

「誘拐《ゆうかい》された果林を捜《さが》しに来て……この二人が手を組んで、僕に婦女暴行《ふじょぼうこう》の濡《ぬ》れ衣《ぎぬ》を着せようとしていた、と思うんだが」

「そうだ、そんな話が出たのは覚えてる。……その時真紅は……いたのかな、いなかったのかな」

「何があったんだっけ?」

二人で顔を見合わせた。

どうにも腑《ふ》に落ちない。倉庫へ来てからの記憶がとぎれとぎれだ。佐々木が燿一郎を絞《し》め落としたことや、突《つ》き飛ばされて床《ゆか》でもがいていた恒夫の姿などは覚えているのに、果林がいたかどうか、何をしていたのかがまったく思い出せない。

燿一郎が首を振った。

「とにかくすぐ屋敷に戻ろう。僕は電話に出たいし、雨水、お前すごい格好《かっこう》だぞ」

「怪我はしてないんだけど……何だろうな、この血。それにあの二人はどうするんだ?」

「放っておいても大丈夫《だいじょうぶ》だろう、あの様子じゃ。何があったかわからないけど、白目をむいていることだし」

屋敷についた燿一郎は母親からの国際電話を受け、その間に健太はシャワーを浴びさせてもらって着替《きが》えを借りた。何しろ顔も手も服も血まみれだったのだ。

(いったい何があったんだろう、あの倉庫で)

考えてみてもわからない。

着替えを終えて、最初に通された談話室とやらに戻ったあとも、燿一郎はまだ母親と国際電話を続けているらしい。なかなか顔を見せない。勝手に帰るのもはばかられる。健太は座《すわ》り心《ご》地《ち》のいいソファにもたれて、倉庫での出来事を思い出そうとした。

時刻《じこく》から考えて、せいぜい五分か十分しか倉庫にはいなかったはずなのだが、

(その間に、あの大量の血が流れて、十文字の叔父と佐々木が白目をむいてぶっ倒れるようなことが起きた……何だろう?)

ノックのあと、ドアが開いた。入ってきたのは燿一郎ではなく、湯呑《ゆの》みと茶菓子《ちゃがし》を載せた盆《ぼん》を持った家政婦《かせいふ》だった。

「どうぞ」

「どうも、お世話かけます……あの、十文字は?」

「まだお電話が終わらないようでございます。もう少しお待ちください」

態度《たいど》は丁重《ていちょう》だが、健太を見る目にどうにも胡散《うさん》くさそうな気配が感じられる。最初に燿一郎が「友達じゃない」と言ったせいか、服が血まみれだったせいか。

屋敷へ戻った時に燿一郎が最初の発言を撤回《てっかい》しなければ、警察《けいさつ》を呼《よ》ばれていたかも知れない。

(無理ないな。あの血は俺が家政婦さんでも怪《あや》しむよ……あ、そうだ)

ふと思いついて健太は、部屋を出ていきかけた家政婦に向かい、電話を貸《か》してくれるよう頼《たの》んだ。今燿一郎が母親と通話中らしいが、これほど大きな家で一回線だけということはないだろう。

「ゼロ番に続いて番号をダイヤルしてください。市外通話も同じです」

さっき燿一郎が使ったアンティーク式電話の使い方を教えて、家政婦は引き下がった。健太は立ち上がって受話器を手に取った。回したのは、少し前に燿一郎がかけた番号、果林の家だ。

(あの血は、もしかして……?)

倉庫の床やベッドを汚《よご》していた血はおびただしい量だった。そして自分は、以前にも同じくらい大量の血を見た覚えがある。

数回コールが鳴ったあと、低い男性《だんせい》の声が答えた。父親らしい。

「もしもし?」

「こんばんは。あの、雨水と言います。椎八場一高の果林さんと同じクラスなんですけど……」

緊張《きんちょう》のせいか受話器を握《にぎ》る手が汗《あせ》で粘《ねば》ついた。口ごもりながら健太は問いかけた。

「果林さんはいますか?」

自分はもともと、誘拐された果林を捜《さが》してこの家へ来た。果林の鼻血なら、あの量の多さも頷《うなず》ける。

記《き》憶《おく》から抜《ぬ》け落ちた倉庫での十分間には、果林が関《かか》わっていたのかも知れない。

(だとしたら、何が起こってなぜ俺や十文字の記憶が消えたのかも、真紅に訊《き》けばわかるはずだ……!!)

息詰《いきづ》まるような思いで返事を待った——つもりだったが、一秒と間をおかず、あっさりと答えが返ってきた。

「あー、娘《むすめ》なら一時間ほど前に帰ってきて、疲《つか》れたとか言って、もう寝《ね》ました」

「そんなに前に⁉」

健太は驚《おどろ》いて置き時計に視線を投げた。

時間が合わない。倉庫での一件《いっけん》が起きた時には、果林はとっくに帰宅《きたく》していたことになる。

受話器からはのんきな声が聞こえている。

「緊急《きんきゅう》の用なら起こしましょうか？　寝起きが悪いので、時間がかかるかも知れませんが」

「あ、いえ……そこまでしていただくほどじゃ……えっと、果林さんに何か変わった様子はなかったですか？」

「いえ、別に……何かありましたかな？」

「な、何でもないです。失礼します」

電話を切った健太は、元のソファに戻って深く腰掛《こしか》けた。気が抜けたために、大きな溜息《ためいき》がこぼれる。

(真紅の鼻血じゃなかったのか)

まさか果林の父親が、杏樹の飛ばしたコウモリから事情《じじょう》を聞いて、果林が事件現場《げんば》にいなかったように見せかけるべく嘘《うそ》をついたとは思いもよらない。

干菓子《ひがし》をつまみ茶を啜《すす》って、健太はもう一度溜息をついた。

(まあいいや、帰ってるってことは、一応《いちおう》無事だったんだ。車に引きずり込《こ》まれたあとどうなったのかは気になるけど……）

明日学校で尋《たず》ねてみよう——そう考えて健太は心中の不安にけりをつけた。

ドアが二回叩《たた》かれた。今度入ってきたのは燿一郎だ。

「待たせてすまない」

「お母さんからって言ってたな。もう話はすんだのか？」

複雑《ふくざつ》な家庭事情を思い、健太は尋ねた。燿一郎が首を振《ふ》る。椅子にかけようとはせず、立ったままだった。

「まだなんだ。ちょっと込み入っているから、途中《とちゅう》で切った。雨水を待たせているのも気になったし、ひとまず果林の無事を確認《かくにん》した方がいいと思って……倉庫で何があったかどうしても思い出せないけど、果林が見つからなかったのは確《たし》かだから」

「あ、それなら俺がさっき電話した。……お父さんが出たよ。真紅は一時間も前に帰って、もう寝てるって」

「一時間も前だって!?」

燿一郎はさっきの健太とまったく同じ驚き方をした。置き時計に目をやったところまで同じだ。やはり、果林が関わっているのではと考えていたらしい。

「わけがわからない……まあ、無事ならよしとすべきなのかな」

独《ひと》り言のように呟《つぶや》いて、燿一郎は健太に視線《しせん》を向けた。

「放《ほう》り出すようで悪いが、今日は帰ってくれないか。車で送らせる」

健太は頷いた。何も言わずに帰りが遅《おそ》くなってしまったから母は心配しているだろう。ただ、中途半端《はんぱ》な記憶のせいで多少は心配も残っている。

「余計《よけい》なお世話かも知れないけど、あの二人はどうするんだ？」

燿一郎の表情が困惑《こんわく》に染《そ》まる。

「叔父《おじ》と佐々木か。それが妙《みょう》なんだ。さっき二人して屋敷へ戻ってきたんだけど、様子が……とにかく、妙だ」

「事件のことをごまかそうとしたんだろう、あいつら」

健太の声はつい高くなった。倉庫の前で佐々木が口にした見事な言い抜けを思い出したせいだ。燿一郎が健太の話を聞く前なら、絶対《ぜったい》に騙《だま》されたに違《ちが》いないと思えるほど、鮮《あざ》やかなしらばっくれ方だった。

だが燿一郎は首を振った。

「違うんだ、そうじゃなくて……僕にもわけがわからない。とにかく、今日のところは帰ってくれないか。明日学校で説明するから」

「……わかった」

健太は腰《こし》を上げた。気にはなるが、事情が事情だ。自分はいない方がいいかも知れない。

内門のところまで燿一郎に送られ、健太はベンツの後部座席《ざせき》に乗り込んだ。

「じゃ、明日、学校で」

「ああ。今日はすまなかった。気をつけて」

車が動き出す。

健太は窓《まど》の外を流れる景色に目をやりながら、明日果林にあったらどう話を切り出すかを考えた。

高い木の梢《こずえ》から様子を見ていたコウモリが、見届《みとど》け役はすんだと言わんばかりに空へ舞《ま》い上がったのを、健太も燿一郎もまったく気づかなかった。


「おっはよー」

「ウーッス」

校舎《こうしゃ》に朝の挨拶《あいさつ》が響《ひび》き合う。

空は露草《つゆくさ》の花を思わせる青色に晴れ渡《わた》り、昨日までのどんよりした天気が嘘のようだ。校舎の壁《かべ》のアイボリーカラーも冴《さ》え冴えとして見える。

「おはよ、真紅」

「おはよう、福《ふく》ちゃん。早いね……」

「朝練だったから。じゃ、また教室で」

ユニフォーム姿《すがた》で溌剌《はつらつ》と駆《か》けていく内藤福美《ないとうふくみ》に寝ぼけ声で答え、果林はグラウンド脇《わき》の通路を歩いた。

（杏樹は『コウモリの知らせだと全部丸くおさまったみたい、雨水君も十文字さんも無事』って言ってたけど……）

校舎に入って廊下《ろうか》を歩いていたら、後ろから慌《あわ》てふためいたような足音が走ってきた。

「……真紅っ！」

雨水健太だった。振り向いた果林を見て、安堵《あんど》に頬《ほお》をゆるませる。

それも無理はない。記憶操作《きおくそうさ》のせいで、健太や燿一郎は昨夜果林がどうなったかを知らないのだから。電話で父の嘘《うそ》を聞いただけだ。

「お、おはよう、雨水君」

「おはよう……真紅、昨日……」

廊下を通る生徒に気を兼《か》ねてか、健太が小声で尋《たず》ねてきた。

「あの……昨日のバイト帰りに、真紅、車に乗った男に誘拐《ゆうかい》されたよな？　俺《おれ》、確かに見たと思うんだけど」

「う、うん……そうなの。でも、誰《だれ》かが助けてくれて、その後のことはよく思い出せないの。気がついたら家の前にいて……」

嘘をつく後ろめたさにうつむいて、果林は答えた。

両親や杏樹と相談して決めた処置《しょち》だった。健太達と同様、果林も記憶を消されてしまったふりをするのが無難《ぶなん》だろうと考えたのだ。

「真紅も？」

健太が当惑した声で呟いた時、階段《かいだん》の上から声がかかった。

「果林！　雨水もいるのか、ちょうどいい」

十文字燿一郎が手すりから身を乗り出して呼《よ》びかけている。

「今教室へ行こうとしていたところだ。……昨日の件《けん》について話したいと思って」

他の生徒がこちらに好奇心《こうきしん》のあふれる視線を向けて通りすぎていく。健太が頬を掻《か》いた。

「屋上へでも行くか」

廊下と違って遮蔽物《しゃへいぶつ》のない場所だから、誰かが近づけばわかる。大声で話さない限《かぎ》り無関係な人に聞かれる心配はない。

風《ふ》の吹き抜《ぬ》ける屋上の、階段室から一番遠い場所に立ち、近くに人気がないのを確《たし》かめたあと、燿一郎は果林と健太に向かって頭を下げた。

「まず謝《あやま》る。巻《ま》き込んですまなかった」

「でも、十文字さん……」

本当に悪いのはあの叔父《おじ》と執事《しつじ》――と言いかけて果林は危《あや》うく思いとどまった。自分は何も覚えていないことになっている。

健太が代わりに口に出してくれた。

「悪いのは、あの執事とお前の叔父だろ？」

「でも僕にも責任《せきにん》がないとは言えない。叔父と佐々木が組んでいたのを見抜けずに、口車に乗ったんだから。……僕には昨日倉庫の中で起きたことが思い出せなくてわからないんだけど、果林には、本当に……その、怪我《けが》はなかったんだろうか」

気遣《きづか》うような眼差《まなざ》しは、果林もまた叔父に暴行《ぼうこう》されたのではと心配しているらしい。果林は強く首を振《ふ》った。

「大丈夫《だいじょうぶ》、その前に誰かに助けられたんです。それだけは確かです。気がついたら家の前にいて……他《ほか》のことはよく覚えてないけど」

「そうか。叔父の被害者《ひがいしゃ》が増《ふ》えなくて安心したよ。だけど本当にすまなかった」

健太が口を挟《はさ》んだ。

「なあ、俺が昨日着替《きが》えを借りて帰ったあとはどうなったんだ、あの二人は？」

「それが……信じてもらえるかどうかわからないんだが」

自分でも理解《りかい》できないと言いたげな困惑《こんわく》顔で、燿一郎が言った。

「叔父も佐々木もやたら正直になっていて……今まで何をしたか、どういう計画だったか、べらべら喋《しゃべ》るんだ。あれには驚《おどろ》いたよ。二人とも『嘘をついたりごまかしたりする気にならない』って言って、自分のしたことをすごく後悔《こうかい》しているようだ。どういう心境《しんきょう》の変化なんだか

「……」

マジか、と眉《まゆ》をひそめる健太の隣《となり》で、果林はその理由に思い当たった。母のカレラが、嘘つきの血を吸《す》い尽《つ》くしたせいだ。

（杏樹が心配ないって言ったのは、貧血《ひんけつ》で二人が動けないって意味だけじゃなくて、こうなるのを見越《みこ》してたからだったのね……）

燿一郎は困惑顔のままで語り続ける。

「僕は警察《けいさつ》に知らせるつもりだったんだ。でも母に一部始終を話して相談したら、どうするかは被害者に任《まか》せろって」

燿一郎の母は、相手は女の子だし、事件が表沙汰《おもてざた》になるのを嫌《いや》がるかも知れないから、まずは一人一人の元を訪《たず》ね、誠心誠意《せいしんせいい》詫《わ》びてつぐなった方がいいと指示《しじ》したらしい。その上でもし被害者が警察に訴《うった》えるというなら、それもやむを得ない——と。

「そっか……ともかく、ひとまず誘拐事件は解決したわけだな」

健太が腕《うで》を組んで頷《うなず》いた。果林はさっきの話で気になったことを尋ねた。

「じゃ、お母さんと連絡《れんらく》が取れたんですか？」

「そうなんだ」

燿一郎が明るい笑《え》みを見せた。

「今まで連絡がなくて、母はもう父がどうなろうと関心がないんだろうと思っていたけど……

そうじゃなかったんだよ」

燿一郎の母はドイツの尼僧院《にそういん》に二ヶ月以上も滞在《たいざい》し、静かな暮《く》らしの中で自分の心を見直していたのだ。テレビも新聞も届《とど》かなかったために外界で何が起こっているのかはまったく伝わらず、もう一度夫とやり直そうと決意して尼僧院を出て初めて、夫が事故《じこ》で昏睡状態《こんすいじょうたい》になっているのを知ったらしい。

そのあとの彼女の行動はめざましかった。

ただちに世界中の医療情報《いりょうじょうほう》を集めさせ、スイスに新設《しんせつ》された病院で、脳神経《のうしんけい》外科の最新理論《りろん》に基《もと》づく治療とリハビリテーションが実行されているのを知ると、その日のうちに入院予約を取り付けたという。

「じゃあ、お父さんはスイスへ？」

「うん。飛行機で移《うつ》しても支障《ししょう》はないという話だから。僕も、可能《かのう》ならスイスへ行って父に付き添《そ》おうと思っている」

「お前が？」

驚いた声を出した健太に、燿一郎は苦笑《くしょう》を見せた。

「逃《に》げ出していたくせにと言いたそうだな。……でも雨水が忠告《ちゅうこく》してくれて、僕も考えた。連続誘拐の被害者達が許《ゆる》してくれれば――警察の取り調べなんかがなければ、スイスへ行くつもりなんだ。母は十文字グループの会長代行を務《つと》めることになって忙《いそが》しそうだから、僕が父の介《かい》護《ご》をしようと思っている。それが精神《せいしん》的な刺激《しげき》になって、意識を取り戻《もど》してくれるかも知れない。母も時々はスイスに行くと言っていることだしね」

「よかった……きっと治りますよね、お父さん」

果林は心の底から祝福したが、健太が今ひとつ納得《なっとく》のいかないような顔で口を挟んだ。

「待った。スイス行きってことは学校はやめるんだろ？　さんざん真紅を振り回したくせに、ほっぽっていきなり海外行きか？」

「いや、それは……」

「待ってください！　そのことだけど」

果林は慌《あわ》てて遮《さえぎ》った。耀一郎が何か言う前に口に出さないと、言えなくなってしまいそうな気がしたのだ。

詫びのお辞儀《じぎ》をしながら、一息に叫《さけ》ぶ。

「ごめんなさい！　あたしやっぱり、十文字さんとはお付き合いできません！」

「え」

「ほんとか!?」

二方向から返事が聞こえた。

（……しまった、雨水君に場を外してもらってから言うんだった！）

うろたえて顔を上げたら、健太と目が合った。

ひどく驚いて、けれども微妙《びみよう》に嬉《うれ》しそうな、ほっとしているような表情に見えた。すぐにこちらへ背《せ》を向けてしまったから、自分の気のせいかも知れないけれども。

「事件《じけん》の話はすんだみたいだから、もういいな。俺は教室へ戻る」

そう言って健太は階段室《かいだんしつ》へと大股《おおまた》に歩き出《だ》した。その背中に燿一郎が声をかける。

「巻《ま》き込《こ》んですまなかった。それから、忠告してくれてありがとう」

もういい、気にするな——という返事の代わりか、健太は後ろ向きのまま軽く片手《かたて》を上げてみせて、歩み去った。

健太が降《お》りていったあと、果林は燿一郎に向き直ってもう一度繰《く》り返した。

「ごめんなさい」

昨日の夜、ベッドの中でさんざん考えて決めたことだった。

十文字家の倉庫の中で絶体《ぜったい》絶命だったあの時、自分が助けを求めて頭に浮《う》かべた面影《おもかげ》の中に燿一郎はいなかった。咄嗟《とっさ》の時に思い浮かばないようでは、きっと付き合ってもうまくはいかない。そう思ったのだ。

燿一郎は果林を見つめ、すまなさそうな顔になって頷いた。

「そのことでは、僕も君に謝《あやま》らなくちゃいけない」

「は？」

「さっき少し話したけど、昨日雨水に忠告というか、説教をされたんだ。大事なものをなくしてから後悔《こうかい》しても遅《おそ》い、現実逃避《げんじつとうひ》はよせって。……確《たし》かにあいつの言うとおりだ。僕の弱さが、佐々木や叔父に付け入られる隙《すき》を作ってしまった」

「でもそれは、あの人達が……」

「いいんだ。昨日母と話してから考えたんだけれど、今の僕にとっては、父に治ってもらって母と三人の家庭を修復《しゆうふく》することが第一だという気がしている。こんな心理状態で、女の子に交《こう》際《さい》を求める資格《しかく》はないとも思う。その子のことを一番に考えられないんだからね。なので、昨日の申し込みは白紙撤回《てつかい》させてほしいと……ああ、もう断《ことわ》られたんだった」

燿一郎が苦笑《くしよう》する。

「断られてしまうと、とても惜《お》しいことをしたような気になるな。今まで、僕のバックの十文字家、十文字グループを目当てに世辞や愛想《あいそ》笑いを向けてくる人間が多すぎたから。でも君や雨水はそうじゃない」

惜しいと言うわりに晴れやかな口調なのは、迷《まよ》いやためらいが消え去ったせいか。

「父の意識はまだ戻っていないけれど、でも、僕は僕のするべきことがわかった気がする。母も離婚《りこん》を思いとどまってくれたし、こうして考えると、やっぱり君は幸運の女神《めがみ》だったのかも知れないね」

「そんな！　あたしはそんな立派《りつぱ》なものじゃ……」

照れた果林は激《はげ》しく首を左右に振《ふ》った。

自分は懇願《こんがん》こそされたが、燿一郎に噛《か》みついて血を送り込んだわけではない。それに今の燿一郎が得たのは幸運ではない。幸福だ。彼は自力で、彼にとって望ましい形へとたどり着いた。

「明日か明後日にはここを退学《たいがく》する予定なんだ。そのあと――スイスへ行ったあとも、たまに電話やメールをするくらいは構《かま》わないかな？　友達として。……雨水にも訊《き》いてみるつもりだけど」

「へ⁉　雨水君⁉」

もちろん、と頷《うなず》くつもりだった果林は、最後の言葉に驚《おどろ》いて叫んだ。

「べ、別に、あたしとの友達づきあいに雨水君の許可《きょか》を取らなくても……ただのクラスメートで、付き合ってるわけでも何でもないですから！」

真っ赤になって否定《ひてい》した果林に、燿一郎がきょとんとする。

「僕は、雨水がいい奴《やつ》だから、あいつとも友達になりたいと思って言ったんだが……」

「あ」

勘違《かんちが》いを悟《さと》って絶句《ぜっく》した果林を眺《なが》め、燿一郎が肩《かた》をすくめて苦笑した。

「なるほど。そんなに雨水を意識してるんだね。……僕がフラレるわけだ」

「ちちち、違います、そんな！　そんなんじゃないです！　あたし、雨水君のことは何とも思ってません‼」

まっすぐに見つめて問いかけられ、果林の頬《ほお》が燃《も》え上がりそうに熱くなる。

（あ、あたし、別に雨水君を、意識して、なんか……）

なのに、なぜか否定《ひてい》の返事が口から出てこない。果林はただ立ちすくんだ。

沈黙《ちんもく》を答えと受け取ったかのように燿一郎が頷き、唐突《とうとつ》に果林の手を取った。

「？」

当惑《とうわく》して動きを止めた果林の手の甲《こう》に、身をかがめて口づける。

（え……うわわわわっ！）

貴婦人《きふじん》にするような仕草を受けて果林は固まった。

体を起こして手を離《はな》した燿一郎の顔には、どこか寂《さび》しそうな、けれど吹《ふ》っ切れたようなすがすがしい微笑《びしょう》が浮かんでいた。

「ありがとう、僕の幸運の女神《レディラック》。……さようなら。雨水によろしく」

果林の返事を聞かず、燿一郎は身をひるがえして去っていった。

一人屋上に残された果林は、ぽかんと突《つ》っ立っていた。

よろしくと言われても困《こま》る。

（あたし、雨水君とはほんとに、何も……）

何もない、ただのクラスメートでバイト仲間、それだけなのに。それだけのはずなのに――。


「本当に？」

考えるとなぜか顔がほてる。果林は両手で頬を押《お》さえ、胸《むね》の鼓動《こどう》を持て余《あま》してその場に立ちすくんだ。

しかしやがて、給水塔《とう》に取り付けられたスピーカーから予鈴《よれい》が鳴り渡《わた》った。

「……ああっ、HR始まっちゃうっ！」

果林は慌《あわ》てて階段室へと駆《か》け出した。

梅雨の終わった青い空に、コンクリートを蹴《け》る軽い足音が吸《す》い込まれていった。

エピローグ

昼休み、果林《かりん》はいつものように麻希《まき》と弁当《べんとう》を食べていた。開いた窓《まど》からは暑さを煽《あお》るような蟬《せみ》の声が流れ込んでくる。

「今日あたり体育でプールだったら気持ちよかったのにねー。ピーカンじゃない」

麻希がぼやく。つられて窓の外を見た果林の目に、飛行機雲が映《うつ》った。空になった弁当箱に蓋《ふた》をしながら果林は思った。

（……まさか十文字《じゅうもんじ》さんの乗った飛行機ってことはないだろうけど）

それでも何となく、青空にまっすぐ伸《の》びていく雲を見つめてしまう。

事件《じけん》が解決《かいけつ》してから五日がたっている。

詫《わ》びを受けた暴行《ぼうこう》事件の被害者《ひがいしゃ》達は内々に収《おさ》めることを望んだらしく、事件は世間に流れなかった。

燿一郎《よういちろう》は三日前に椎八場《しいはば》一高を退学した。しかしその前に燿一郎が果林への強引《ごういん》すぎるアプローチをやめてごく普通《ふつう》の接《せつ》し方に変えたせいか、学校内では「王子様は果林を捨《す》てた」という噂《うわさ》が広まり、女生徒達は妙《みょう》に果林に優《やさ》しくなった。なぜ心変わりされたかを、かなりしつこけれどそれもこれも、燿一郎が退学するまでの話だった。期末テストの結果が返ってきて追試や夏休みの話で持ちきりになると、数日で学校を去った転入生を思い出す暇《ひま》は誰《だれ》にもなくなったらしい。学校は、燿一郎が転校してくる前と同じような状態《じょうたい》に戻った。

燿一郎からは昨日短いメールが来た。何時の便とは書いていなかったが、今日の飛行機でスイスへ向かったはずだ。

飛行機雲に目を向けたままの果林の視線を追い、麻希が尋《たず》ねてきた。

「ところで果林、追試の勉強どうするの？」

「どうって……」

ほとんどの教科が赤点だったことを思い出し、果林は落ち込んだ。空を眺《なが》めている場合ではない。

「あたしはぎりぎり免《まぬか》れたでしょ、だから悪いけど果林の勉強には付き合えない」

「ええ⁉　そんな冷たい！」

「付き合ってあげたいとこだけど、追試のない部員は特別練習があるのよ」

「あぁ……それじゃ仕方ないよね。でも、どうしよう。部活のある子はみんな忙《いそが》しいだろうし……」

肩《かた》をすくめた麻希が悪戯《いたずら》っぽく笑った。

く訊《き》かれたが。

「ここはやっぱり、雨水君《うすい》に頼《たの》めば？」

「ちょっとー！　どうしてすぐ雨水君を持ち出すわけ!?　ただのクラスメートでバイト仲間ってだけだってば！」

断言《だんげん》したものの、頬《ほお》がかあっと熱くなる。

果林自身が健太《けんた》を強く意識《いしき》している、と燿一郎に言われたけれど——。

（そ、そんなことないもん！）

顔が赤いなどと指摘《してき》される前に逃《に》げ出そうと、果林は席を立った。

「あたし、日直だから！　次の化学の準備《じゅんび》をしに行ってくる！」

戸口へ走って勢《いきお》いよくドアを開け、教室を飛び出そうとしたら、

「おわ」

「きゃ！」

入ってこようとした誰かとまともにぶつかった。上げた視線がとらえたのは、栗色《くりいろ》のつんっん跳《は》ねた髪《かみ》と大きく見開かれた三白眼《さんぱくがん》だ。

（ひえええ、また雨水君!?）

体温が上がる。全身から汗《あせ》が噴《ふ》き出る。心臓《しんぞう》は三倍速で動き出す。——これは、やばい。

「ご、ごめん！」

叫《さけ》んで果林は廊下《ろうか》を駆《か》けだした。

後ろから健太の慌《あわ》て声が追ってくる。

「危《あぶ》ない真紅《まあか》！　そっちの廊下は、誰かがオイルをぶちまけて……」

言葉の意味が頭に届《とど》いたのと、靴《くつ》がつるんとすべったのが同時だった。廊下を滑走《かっそう》する。前は壁《かべ》だ。

「きゃああああ、誰か止ーめーてー!!」

盛大《せいだい》な悲鳴に続いて、壁に激突《げきとつ》する音が校舎《こうしゃ》を震《ふる》わせた。

木に留《と》まっていた蟬が驚《おどろ》いたように翅《はね》を広げ、飛行機雲の薄《うす》れた青空へと飛び立っていった。

あとがき

こんにちは。甲斐透と申します。お目にかかれて嬉《うれ》しいです。

この小説は、影崎由那先生が月刊ドラゴンエイジにて大好評連載中の漫画『かりん』を、ノベライズしたものです。といっても、漫画の内容をそのまま小説にしたわけではありません。番外編にあたります。

ですからこの小説単独でもお楽しみいただけますが、漫画『かりん』（コミックスが出ています。1〜5話まで収録）と合わせて読むと、二倍楽しめること間違いなしです。

そして「すでに漫画は持っているとも」とおっしゃる方。この小説の内容は、5話と6話の間の数日間に起こったこと、という位置づけになっています。コミックス2巻の刊行を待つ間、小説をお読みいただくと、ちょうどよろしいかと。

この小説を書くにあたり、まずは漫画の『かりん』を読ませていただいたわけです（当たり前です、内容を知らなきゃ書けやしません）。

……………………うぉ。

可愛《かわい》いじゃん。

めちゃくちゃ可愛いぞ、主人公の真紅果林《まあかかりん》!!

なにしろ、ドラゴンエイジに載《の》っている『かりん』のキャッチコピーは、「恥《は》じらいの学園ラブコメ」なのです。

……………………恥じらい。

この言葉に心臓《しんぞう》を撃《う》ち抜かれた人、手を上げて。はーい。

恥じらう女の子なんて、近頃じゃめったにお目にかかれません。絶滅危惧種《ぜつめつきぐしゅ》です。国家的な保護対策が必要です。

先日、テレビ番組でこういう話をしていました。

駅のホームに、修学旅行らしい女子高生の団体がたむろしていた、と。当然制服ですが、その短いスカート姿であぐらをかいているのが何人かいた、と。「何だ、あの格好《かっこう》」とあきれて顔をしかめたら、視線に気づいたくだんの女子高生は、姿勢《しせい》を直すどころか、彼をにらんで「いやらしい!」と言ったそうで。

間違っている、間違っているよ! お嬢《じょう》さん方!!

可愛い女の子が好きな身としては、声を大にして申し上げたい。ヘアメークに気合いを入れるのも、服装に気をつかうのもいいでしょう。しかし外見だけの可愛さなら、写真でも眺《なが》めていればすむことです。

生きた女の子の可愛さは、仕草《しぐさ》や態度《たいど》から生まれるんですってば！　ぱんつなんてのは大っぴらに見せられても嬉しくも何ともない！　秘すれば花、出し惜《お》しむところに値打ちが生まれる！　風でめくれたスカートを慌《あわ》てて押さえて頬《ほお》を赤らめる、その風《ふ》情《ぜい》こそが『可愛らしさ』なんだ!!

……すみません、ちょっと話がずれました。恥じらいについて語っていたのでした。

こんな時代に、しかし、果林は恥じらうのです。

コミックスで、転《ころ》んでぱんつを丸見えにするシーンがありますが、その直後には大慌てでスカートを直し、パニック状態で声をうわずらせています。その他にも、吸血鬼らしからぬ自分の増血体質に恥じ入って頬を赤らめ、雨水君に負《お》ぶってもらった日の夜には、そのことを思い返して「恥ずかしくて眠れない……」と、ベッドの上で枕《まくら》を抱きしめる。正真正銘《しょうしんしょうめい》の恥ずかしがりやさんです。

……かわえぇ。

このキャラを預けられた責任は重い。

けれども先に申し上げたとおり、私は可愛い女の子が大好きです。そして吸血鬼ものも好きです。

書かせてもらえる喜びと責任を等分に感じつつ、原作の味わいを損《そこ》なうことなく小説なりの可愛い果林にしたいと思い、力一杯根性《こんじょう》込めて書かせていただきました。

読み終えた方が満足してくださったなら、とても嬉しいです。


この文庫のタイトルは『かりん　増血記①』です。

察しのいい方はお気づきでしょう、『増血記②』計画が、すでに進んでいるのです。

今回のゲストキャラが男子高校生だったので、次は女の子に出てもらおうかなどと考えています。

いいえ、男の子を書くのも好きですよ。でもオトコばっかりじゃねえ、彩《いろど》りが寂《さび》しくてねえ。

やっぱり女の子にもいてほしいのです。可愛い子か、あるいは美人さんか。どんな女性キャラをどうからませるのか、考えるだけで楽しくてなりません。

次は『かりん　増血記②』で、お目にかかれますように。

また、もしも「甲斐透という物書きが他にどんな本を書いているのか」に興味をお持ちになったら、甲斐透のサイト『旧校舎』(http://www.occn.zaq.ne.jp/kai-tohru/)へ、お越しください。

今までに刊行された小説、原作を担当した漫画などの情報が置いてあります。

最後になりましたが、原作者であり、この文庫のイラストも描いてくださった影崎由那先生。

担当Yさん。

富士見ミステリー文庫およびドラゴンエイジ編集部の皆様はじめ、この文庫の刊行にご尽力《じんりょく》いただいたすべての方々。

そして、読んでくださった貴方に、心からの感謝を捧《ささ》げます。

二〇〇三年一一月　予報を無視した大雨の降る朝

富士見ミステリー文庫　FM53-1

かりん　増血記①

著：甲《か》斐《い》透《とおる》　原作：影《かげ》崎《さき》由《ゆ》那《な》

平成15年12月15日　初版発行
平成16年12月10日　六版発行

発行者——小川　洋
発行所——富士見書房
〒102-8144 東京都千代田区富士見1-12-14
電話　編集 (03)3238-8585　営業 (03)3238-8531
振替　00170-5-86044
印刷所——暁印刷
製本所——コオトブックライン
装丁者——朝倉哲也

ISBN4-8291-6228-7 C0193

FUJIMI MYSTERY BUNKO

富士見ミステリー文庫

業多姫

壱之帖――風待月

時海結以／増田恵

戦乱の世。その出逢いが、少女の運命を変えた――

時は五百年の昔。異能の力を持つが故に《業多姫》と呼ばれる少女・鳴は、何者かの手により母を亡くす。多くの謎を残した死の真相を探る鳴に放たれた、敵国の刺客。渦巻く陰謀。そして出逢った、颯音という不思議な少年――。第二回ヤングミステリー大賞、準入選作!!

富士見書房

FUJIMI MYSTERY BUNKO

富士見ミステリー文庫

業多姫

弐之帖――愛逢月

時海結以／増田恵

二人は駆けた。戦乱の世を。
約束の地を目指して――

異能の力を持つが故に〝業多姫〟と呼ばれる少女・鳴。鳴は、争いに満ちた故郷を旅立ち理想郷と囁かれる地を目指す。運命の下巡り会った少年・颯音と共に。けれど、時は戦乱の世。争いの火は消えることなく、二人を引き裂いていく。第二回ヤングミステリー大賞準入選作！

富士見書房

FUJIMI MYSTERY BUNKO

富士見ミステリー文庫

タクティカル・ジャッジメント

逆転のトリック・スター！

師走トオル／緋呂河とも

どこのどいつだ？
タワケたことをぬかすのは⁉

俺の名は山鹿善行。かなり有能な弁護士だ。ある日、１本の電話があった。かけてきたのは水澄雪奈。俺の幼なじみだ。あろうことか、その雪奈に殺人の嫌疑が。雪奈を悲しませる奴は、死ぬほど後悔させてやる。この裁判、何がなんでも奪うぜ、逆転無罪っ!!

富士見書房

FUJIMI MYSTERY BUNKO

富士見ミステリー文庫

タクティカル・ジャッジメント2

きまぐれなサスペクト！

師走トオル／緋呂河とも

おいこら。
ダレがいかさま弁護士だ⁉

「窃盗なんて、メンドくさくて地味な事件はヤだ」宝石泥棒の弁護をしぶる俺に雪奈が言った。「助けてあげましょ？」正直あまりのり気じゃないが……雪奈の頼みを俺が断るワケがない。だが、それがまさかあんな大事件になろうとは⁉

富士見書房

FUJIMI MYSTERY BUNKO

富士見ミステリー文庫

ぐるぐる渦巻きの名探偵2

逆しまの塔とメイ探偵

上田志岐／煉瓦

希望は絶望に、絶望は希望に

世界の全てが逆さまになる

一通の招待状に導かれるように、《カタリ屋》たちはある塔へと向かう。だが、そこは地下深くから地上へ聳え立つ、内部が上下逆さで、外界からも遮断された閉鎖空間。渦巻く人間模様を嘲笑うように、一つの殺人が起こって……。逆さまで摩訶不思議なおとぎ話第二弾!!

富士見書房

FUJIMI MYSTERY BUNKO

富士見ミステリー文庫

魔法遣いに大切なこと1

夏と空と少女の思い出

監修：山田典枝　著：枯野瑛／よしづきくみち

ユメの優しい魔法に包まれてみませんか？

魔法が存在する、今の日本とは少し違う世界。菊池ユメは魔法遣いになるための研修を受けに上京していた。そんなユメと師匠・小山田のもとに持ち込まれた一件の依頼。それは、失われた祖父の形見を探して欲しいというモノだった……。大人気作のオリジナル・ノベル！

富士見書房

FUJIMI MYSTERY BUNKO
富士見ミステリー文庫

Dクラッカーズ・ショート

欠片―piece―

あざの耕平／村崎久都

想い、謎、過去……未来。
全てが集まった初短編集!!

ウィザードを名乗る少年・物部景。謎に包まれた彼にも駆け出しの時や、そして、かつての同胞――姫木梓との思い出となった過去もあった。Dクラッカーズに秘められた過去・現在・未来を様々な登場人物たちによって描く短編集。すべての、はじまりが明らかになる……。

富士見書房

FUJIMI MYSTERY BUNKO
富士見ミステリー文庫

ハード・デイズ・ナイツ SINGLES

GOOD NIGHT DARKNESS

南房秀久／壱河きづく

シリーズ初のシングル集！
ニコルと過ごす不思議な夜

人気タレント総出演のクイズ番組の収録中、解答者席から火柱が上がる！　炎に包まれたのはアイドルの瑞穂!!　一心、茜は、事件解決を誓うが……。――月のない夜、ニコルがひもとく5つの事件と、置き忘れられた茜の《ノート》。シリーズ初のシングルコレクション!!

富士見書房

FUJIMI MYSTERY BUNKO

富士見ミステリー文庫

ANGEL
天国？へのトビラ

南房秀久／深月晏子

ホテル〈天使の巣〉で少女は【弟】に出会う！

失恋し、親友に裏切られ、父を亡くした十六歳の少女・舞夢《まいむ》は〈天使の巣〉と呼ばれる謎のホテルに住むことになる。そこで舞夢は義理の弟・優《すぐる》に出会うが……。泊まる人すべてが癒されるというホテルで、少女はどんな夢を見るのか？　ラブ・ミステリー登場！

富士見書房

FUJIMI MYSTERY BUNKO

富士見ミステリー文庫

ブラインド・エスケープ

樹川さとみ／藤田香

突然現れた《誘拐犯》それが『非日常』の始まり

お嬢さま学校に通い、『決められた人生』を生きるはずだった高校生・青野由貴。しかし彼女は《誘拐犯》高嶋要と出会ってしまう。「オレがお前を守る」——《誘拐》したはずの由貴に要はそう告げ、逃避行を開始する！　ハイスピード・エスケープ・ノベル、ここに登場!!

富士見書房